Anays M.

Confesiunile unei fete rele

Bookzone.ro
BUCUREȘTI 2018
www.confesiunileuneifeterele.ro

Descrierea CIP a Bibliotecii Naţionale a României
ANAYS M.
Confesiunile unei fete rele / Anays M.. - Bucureşti :
Bookzone, 2018
ISBN 978-606-9008-00-3

821.135.1

Editura Bookzone

Şoseaua Berceni, nr. 104, sector 4, Bucureşti
Redacție: 0774.091.579
Distribuție: 031.433.51.65
office@bookzone.ro

Editor: Isabela Elena Ivan
Grafică: Alina Patraş

„Confesiunile unei fete rele "
Anays M – Bucureşti, 2018
ISBN: 978-606-9008-00-3

Am deschis ochii cu senzația că oasele mi-au fost strivite, mușchii frământați și nervii dezlipiți de la locul lor.

Doamne, ce noapte!

***

Sunt Anays. Așa mi se spune aproape dintotdeauna. Parcă nici nu-mi mai știu numele real. Dar nu-mi pasă. Nu-mi trebuie un nume gol. Îmi trebuie un trup gol. Cred că în jurul acestei nevoi mi-am construit o mare parte din viață. Un trup gol în care să bată o inimă impulsivă. Asta caut. Asta vânez. Nu, nu aștept, precum alte femei, să fiu văzută, băgată în seamă și, eventual, cucerită. Eu mă duc la țintă, eu știu ce vreau și ce-mi trebuie. Îmi iau singură, nu stau ca nimeni să-mi dea ceva pe tavă, fie ea tavă de argint. Nu mai fac de mult greșeala să gândesc despre mine că sunt o reprezentantă a sexului slab și să mă împăunez cu debilitățile lui.

Eu sunt unică, om din întâmplare, femeie prin vocație.

Dacă mă întrebi câți ani am, nu-ți răspund. Ce te interesează? Eu nu-mi măsor viața în ani care trec, ci în iubiri - consumate, incandescente, neîntâmplate. Le port cu mine ca pe niște tatuaje. Și știi cum e, cu unele te mândrești, de altele ți-e cam rușine, deși nu-ți e, dar... toate sunt ale tale și ăsta este singurul lucru care contează.

Sunt pragmatică și hedonistă. Uneori, cinică. Nu mi-e frică să recunosc, asta sunt și de schimbat nu mă mai schimb, căci sunt, în sfârșit, cea mai bună variantă a mea. Sau a alteia. A oricărei femei.

Pasionată de iubire, ahtiată după senzații, amatoare de sex. Mare amatoare. Însă nu oricum, nu de orice fel, nu oricând și, mai ales, nu cu oricine.

Pe bărbat trebuie să-l duci de nas. Fie că-i pui fusta în cap, fie că doar o ridici discret și-l lași să creadă că a fost o greșeală sau doar un nevinovat gest neintenționat, fie că i-o arăți insistent, dar numai de la distanță. Te uiți, dar nu pui mâna. Nu e a ta. *Dacă ar putea să fie? Poate! Dacă e a altuia? Nu știu! Dacă e altora? De ce nu?* Îl lași s-o adulmece de la distanță. Să și-o imagineze, s-o viseze, s-o devoreze în gând și-n somnul agitat, cu vise erotice și erecții irosite în șervețele. Ce degradant, nu? Așa se vânează bărbatul.

I-o dai pe la nas și când crede că a pus mâna - și nu numai - și se pregătește să te ia în stăpânire, hai sictir, că nu-i chiar așa, drăguțule!

Bărbatul, dacă nu e fiert, nu te mai vrea. Bărbatul, dacă nu e ațâțat și nu are senzația că nu te poate avea, nu te mai vrea. Bărbatul, dacă nu crede că lui i-a venit ideea, că el te-a văzut primul și datorită calităților lui prea multe la număr ți-a stârnit interesul – dar ce zic eu, interes, amorul, pasiunea, patima, nebunia -, nu te mai vrea! Nu-i mai trebui. Te trimite, fără preaviz, la reciclare și trântește satisfăcut ușa în urma ta...

Când o să mor – și asta, desigur, nu e doar o supoziție, ci poate singura certitudine din viață – se vor fi terminat toate. Iar eu am de gând să aștept moartea cu fusta șifonată și ușor ridicată, cu buzele răsfrânte de atâtea sărutări furate sau oferite, cu carnea dulce-obosită de atâta frământare sălbatică și cu sufletul în fundul gol.

Vreau să mor făcând sex.

O moarte orgasmică, sălbatică și dementă. Pe măsura mea.

***

Doamne, ce noapte!

Bărbatul de lângă mine încă doarme, gol. Respiră ritmic și, din când în când, tresare în somn. Probabil că visează că facem dragoste.

Suntem undeva la câteva sute de kilometri de orașul nostru, într-o cameră de hotel. Am ajuns aseară, după ce am condus ca nebunii, cu rândul. Nu putea să se concentreze la drum, căci mâna mea căuta neliniștită zvâcnirile din pantalonii lui. Când am condus eu, a încercat să mă pipăie, să-mi întoarcă favorul. Dar i-am întors eu un dos de palmă. Acum conduc, nu fac sex. Și mi-am aprins o țigară. Trăgeam cu ochiul - într-o manieră voit grosolană, ca să mă vadă - către centrul virilității lui și asta îi trimitea foc în plex. M-a bufnit și râsul, așa că am hohotit cu poftă și am tras și mai cu poftă din țigară. Șoseaua era liberă, condusul - o plăcere vinovată. L-aș fi întins chiar acolo, pe caldarâm, dacă nu aș fi știut că și el își dorește asta. Dar așa... să mă aștepte, să mă dorească, să facă implozie...

Ne-am cazat pe fugă, i-am interzis să mă atingă în public, însă, din greșeală, îl atingeam eu când cu șoldul, când cu sânul. I-am șoptit la recepție că, în timp ce el semna și plătea camera, eu mi-am scos chiloții. Și că m-a văzut băiatul de la bagaje, care, misterios, dispăruse pe ușa din spatele lui, roșu ca racul. *Mi-am dat seama că se holbează la mine, așa că i-am aruncat o privire scurtă, aparent mânioasă, apoi am amplificat gesturile prin care lenjeria-mi aluneca de-a lungul picioarelor. Probabil că acum și-o freacă*, i-am zis râzând iar. Dar asta mă excitase.

În lift, i-am luat mâna și i-am dus-o, peste fustă, între picioare. Apoi i-am luat pulsul și, pe negândite, i-am deschis șlițul. Membrul întărit a zvâcnit scurt și a dat să se elibereze din strânsoarea lenjeriei. Mi-am retras mâna, i-am dat-o și pe a lui la o parte și am început să-mi mai caut o țigară. Eu, întotdeauna, fumez țigara de după, înainte.

Când am intrat în cameră, a trântit ușa cu piciorul, și-a aruncat cât colo haina și geanta, și m-a trântit cu spatele de ușă. Să avem pardon, nu mi-am terminat încă țigara, așa că l-am împins ușor și, în timp ce fumam cu stânga, cu dreapta am început să-i deschid nasturii de la cămașă. Și-a scos singur pantalonii, nărăvaș și nerăbdător. I-am făcut semn să mă aștepte și m-am refugiat în baie. Am aruncat țigara în chiuvetă și m-am privit în oglindă, până în albul ochilor. Îmi venea să mă cert, îmi venea să râd - iar -, îmi venea să mă iau la palme, dar, până la urmă, mi-am făcut doar ștrengărește cu ochiul și am început să mă aranjez. Eram încă fresh, în ciuda drumului lung. El era plecat într-o delegație. Așa știa prietena mea. Mooor de râs. Auzi cum sună. Soțul prietenei mele este în călduri, alături, așteptându-mă turbat, cu o erecție monumentală, iar eu stau în baie și filosofez. Păi, îmi zic în timp ce-mi aranjez sânii în sutienul minuscul pe care încă îl mai port, acum câteva zile se plângea de el că e un porc, un jeg și că-i vine să-l dea afară pe ușă de nemernic ce e. Eu l-am considerat gata dat afară, așa că l-am luat cu mine. Din nou. Ultima dată însă a fost cu ani în urmă, înainte să o cunoască pe ea, nevastă-sa și prietena mea. Atunci l-am lăsat doar pentru că prea schelălăia ca un cățel fără stăpân când îl băgam în seamă. Mă, C, ești bărbat sau te scapi pe tine de fericire când îți dă atenție o femeie? Însă au trecut 15 ani de atunci și cățelul de altădată e ditamai dulăul. Îmi place. Sper să fie mai bun la pat decât țin minte.

Am ieșit din baie și-am dat-o în mă-sa de strategie, am sărit lacomă pe el. Am uitat dacă atunci, demult, apucasem să-l și iubesc, dar uite că mă excita tacticos, căci pe cât de nerăbdător păruse mai înainte, acum, că preluase comanda și rolurile se inversaseră doar pentru scena de amor, începuse să mă ia în stăpânire bucată cu bucată. Nu e rău, se pare că nu a pierdut ultimii ani, probabil că se deșteptase și el prin paturile femeilor de după mine - cea de atunci - și până la mine - cea de acum. M-a întors pe toate părțile, dezvelind și acoperind la loc, renunțând doar la bluză, nu și la fustă, sutien sau pantofi. La ăia am renunțat eu, ca să nu-i înfig un toc în cele mai moi părți ale corpului, să mă țină minte și pentru altceva. Mă miram că rezistă atât și am înțeles că vrea să mă facă să-l implor eu, să-i cerșesc înnebunită să mă pătrundă. Îl doream și, cum știam că oricum avea să se întâmple, n-am vrut să-i dau satisfacție. Mâinile mele îl căutau și îl abandonau ca într-un pervers joc de te iau/nu te vreau. Vedeam că tremură și eventualitatea unei ejaculări precoce mi-ar fi frânt noaptea. Și chiar nu aveam chef să repetăm experiențele tinereții, când nopțile de amor se terminau în lacrimi și păreri de rău. Din partea lui, că eu eram prea scârbită.

Când a văzut că mă întind după țigări, însă, a dat-o și el în mă-sa de strategie - uitase, mititelul, cu cine are de-a face...

Recunosc că a fost o noapte vâscoasă. Am vrut să mai fac iar sex cu C și uite că nu a fost doar atât. Mi-a trezit și niște amintiri. Cam incomode. Am zis că n-o să-mi pese de ele, ce dacă revin la viață. Și nu că îmi pasă, dar mă sâcâie.

N-am vorbit despre noi. Nu cred că e cazul. Noi avem o aventură, nimic mai mult. Iar mie îmi plac aventurile. Totul sub control.

***

Fumez și-mi adun lucrurile. Deja am stat prea mult. Știu că el va veni după mine. Și asta, în loc să-l descalifice în ochii mei, cum ar fi normal, ridică o ușoară întrebare. Mă va flata gestul lui disperat cu care mă va apuca de mână - din nou - cu intenția de a mă opri sau măcar de a mă abate din drumul meu. Asta nu înțeleg bărbații cărora le-am dat voie în patul meu. Le-am dat voie doar acolo, nu și în suflet. Iar din drumul meu nu mă întoarce nimeni.

Salvatori bipezi închipuiți.

Pentru C voi face, poate, o excepție. Cu el voi continua. Dar nu acum.

Imediat ce ies din cameră, îmi sună telefonul. În mod normal, nu aş răspunde, însă acum chiar am nevoie de cineva să mă ducă acasă, iar călătoria cu trenul, oricât de fascinantă ar putea fi, azi nu mi se pare o idee bună. Faptul că aş putea cunoaşte oameni noi, poate alți bărbați dornici să mă revadă și după ce trenul va fi ajuns în gară, acum mă plictisește.

Răspund. E R. Îi spun că am nevoie de el. Restul argumentelor nici nu mai contează, nu le-ar auzi, așa că nu mă mai obosesc să i le servesc. Îi dau doar adresa de unde să mă ia - un restaurant din apropiere - și mă îndrept plictisită către terasa acestuia. Va dura ceva până când R va ajunge, așa că am timp de pierdut.

După ce chelnerul mi-a lăsat comanda și o ocheadă grea de înțelesuri, telefonul sună iar. De data asta, e C. S-a trezit și nu m-a mai găsit în brațele lui, acolo unde îmi este locul. Nu vrea să mă piardă iar. Nu își poate permite să riște.

Mie, în schimb, îmi place riscul.

Fără risc, frică sau adrenalină, o relație moare încet, de plictiseală.

Îi spun că poate ne vom revedea. Dar nu acum, să nu mai insiste. Nu știu dacă el merită vreo șansă în plus, dar sigur merit eu.

***

Acum nu mai obosesc niciodată să fiu eu însămi. Găsesc în esența ființei mele rațiunea de a continua și nu mai accept să fiu condiționată de prezența vreunui bărbat anume. Mereu am câte un bărbat alături, însă nu întotdeauna același. Deocamdată.

Viața însăși este o ruletă rusească, cu deosebirea că, în loc de un glonț pe țeavă, are cinci. Ce șanse sunt să nu te nimerească vreunul? Insignifiante. Pe mine, de-a lungul timpului, m-au cam nimerit toate. Și i-am zărit și cartușiera. Deci, continuăm să jucăm. Asta nu mă va opri, desigur, de la nimic. Nu-mi pasă. Nu îmi mai pasă. Nu are ce să-mi facă. Mai exact, nu mai are ce să-mi facă. Am crescut să mă iubesc mai mult decât toți bărbații care mi-au declarat vreodată amor etern. Și nu au fost puțini, și nu au fost toți mincinoși...

Sunt făcută dintr-un amestec nefiresc de substanțe, întâmplări, iubiri și proiecții. Din control și dezmăț, din rațiune și patimă, iar viața mea refuză să fie liniară. Viața mea nu se întâmplă niciodată „între timp", ci, mereu, „acum". Am adus-o într-un prezent continuu din care nu am de gând să evadez.

Femeile nu mă iubesc. Văd în mine o amenințare. Văd bine. Chiar sunt. Mă urăsc pentru că mă invidiază. Nu mă scot din „curvă" pentru că sunt ceea ce ele nu au avut niciodată curajul să fie - sau măcar să se prefacă că sunt. Mă desconsideră pentru că prezența mea le împrospătează conștiința ratării. Dacă aș fi empatică, mi-ar fi milă de ele. Chiar și așa, nu aș avea cum simți compasiune, dar ceva milă probabil că aş stoarce. Dar nu sunt. Atitudinea lor nu mă jigneşte. Nu are cum să te jignească cel mai mare compliment pe care o femeie îl poate face altei femei. Atenția lor, timpul pe care mi-l dedică, faptul că nu au puterea să mă ignore, ei bine, toate acestea trădează o admirație adânc ascunsă, acolo unde conștient nu mai au acces. Problema autolimitării lor nu este problema mea. Și, de cele mai multe ori, nici a soților lor.

Nu am simț moral, mi s-a strigat. Eu am simțul vieții, femeie! Dacă simț moral înseamnă să rămân pe loc, într-o decizie ce s-a dovedit greșită imediat ce am luat-o și să-mi refuz șansa de a trăi și de a mă bucura liber de toate experiențele vieții, atunci, nu, mersi, nu am nevoie de simț moral. Eu încep acolo unde ți se termină ție resursele, femeie cu simț moral! Nu mă bag peste tine, nu te dau jos din patul conjugal. Tu ești deja acolo, pe covor, chiar dacă poate încă nu știi. Sau refuzi să accepți. Din nou, problema ta. Când o altă femeie ți se strecoară în budoar nu este pentru că a găsit ușa deschisă și și-a făcut de lucru să intre, ci pentru că a primit o invitație expresă, pentru a ocupa un loc, un rol, de obicei, gol de prea mult timp.

***

R a ajuns mai repede decât credeam. Probabil că a riscat, a condus ca nebunul, nu exclud vreo amendă, numai ca să răspundă mai repede chemării mele. La întoarcere, în schimb, va conduce foarte încet, ca să prelungească cât mai mult timpul petrecut împreună.

R mă iubeşte. El ştie că am petrecut noaptea cu un alt bărbat. Dar e fericit să vină să mă scoată din ghearele lui. R îşi imaginează că este Făt Frumos-ul meu pe cal alb, acela pe care toate femeile îl aşteaptă şi căruia eu i-am închis de prea multe ori uşa în nas, acela care, din cauza mea, a căzut de nenumărate ori din şa şi care, datorită mie, s-a şi ridicat tot de atâtea ori. Suntem prieteni cu beneficii. Aşa, şi?

Nu, nu sunt amanta ideală şi nici nu mi-am propus să reprezint vreun „ideal" pentru cineva. Nici măcar pentru mine însămi.

- Eşti bine?

R este îngrijorat pentru mine. Nu înţeleg sensul întrebării lui. Tocmai am coborât din patul unui bărbat bun. Surprinzător de bun, aşa cum nu am intuit că ar putea fi niciodată de când ne cunoaştem - nici măcar atunci când eram îndrăgostită de el – na, că mi-am adus aminte - şi R mă întreabă dacă sunt bine? Sunt prea bine, aşa că fug.

- Absolut! Unde mergem?
- Unde vrei...

Ştim amândoi unde vom ajunge, dar ne prefacem că nu ştim. Şi începem tachinarea cu o ieşire în oraşul ăsta nou. Nu mă întreabă nimic altceva. Nu are nevoie să mai ştie nimic din ce s-a întâmplat şi a murit deja, are nevoie să ştie că acum, aici, e cu mine şi îi ajunge. Şi el trăieşte tot acum. Dacă am şti să facem asta cu toţii, numărul oamenilor fericiţi ar creşte îngrijorător.

Mergem și mâncăm ceva, apoi îmi propune să luăm o cameră la un alt hotel. Refuz. Nu am de gând să clonez o experiență anterioară.

- Ne întoarcem acasă. La tine, îi spun, și fericirea lui nu are margini.

Între timp, tot sună telefonul. E C. Nu pricepe. Sau știe că mă tentează. Încearcă marea cu degetul. Știe că riscă să fie tras cu totul în adâncuri, însă mizează pe forța lui de a se înfige puternic în pământ și a mă trage pe mine, cu totul, în lumea lui. Cu totul, e mult spus. De aceea se avântă. Ar trebui să încep să mă tem?!

- Ești bine?

R insistă cu întrebările lui enervante. Nu-i răspund. Mă uit la el. Dacă aș fi știut să-l iubesc, aș fi avut parte de o fericire domestică la care multe femei visează. Eu nu. Așa, ne alegem cu câteva partide de amor și gust de nisip în suflet după. Îl clătim cu o șampanie scumpă - nu știu de unde, dar mai mereu scoate câte o sticlă... Se străduiește să mă impresioneze, o știm amândoi. Culmea e că sexul cu el e bun, consistent, îndestulător. Mă umple, mă împlinește. Omul e făcut să fie soț, iar eu să fiu veșnică amantă. Însă acum chiar am nevoie de el. Trebuie să-mi spele mirosul lui C din piele, să-mi clătească imaginea lui de pe retină și să-mi frământe aceleași locuri în carne, ca să pângărească atingerea lui. Am nevoie de o cură de dezintoxicare de C. Nu e obligatorie, nu e grav, însă prevenția nu a omorât pe nimeni. Dimpotrivă!

Pe drum, vorbește mult. R are acum impresia că suntem un cuplu. Să zicem, deschis. Sau un cuplu în care ea calcă mereu strâmb și el iartă mereu, că doar ne-am împărțit sarcinile. Și chiar de-ar fi așa, m-ar ierta de fiecare dată dacă eu, până la urmă, aș accepta ideea de a fi iubita lui. Mă bufnește râsul la aceste gânduri, iar lui îi crește temperatura, crede că e datorită lui, și nu din cauza lui. Nu am chef de jocuri erotice și... totuși.

Întind mâna către schimbătorul de viteze al mașinii și pun mâna pe mâna lui. Încep să-i mângâi mâna încordată, apăsat, cu mișcări blânde, dar cu intenție. Îl simt. Mâna mea nu pleacă mai departe, rămân doar acolo, însă gestul meu îl stârnește teribil. Nu am reușit să înțeleg niciodată cum de atingerea mâinilor noastre reușește să ne excite atât de mult, căci curentul electric care l-a străbătut pe el a ajuns și la mine. Doar cu el se întâmplă asta. Păcat că nu este suficient și nu ține loc de ce-mi lipsește când suntem împreună...

Se uită la mine cu subînțeles și îl aprob din ochi. Am ajuns să nu mai fie nevoie de cuvinte între noi, la naiba... și tot degeaba. Oprește mașina într-o parcare, în marginea unei păduri. Ne dăm jos precipitat și pornim pe jos, unul lângă altul, printre copaci. Nu e nevoie să ne ținem de mână, dar e nevoie să ne afundăm cât mai departe de trafic. Ajungem la un mic luminiș cu iarbă retezată fin. Își trântește haina pe jos, mă trage spre el cu un gest scurt, puternic și blând în același timp - oare cum face asta? - un gest care mă emoționează de fiecare dată pentru că simt concentrate în el toate sentimentele lui pentru mine. Dar nu mai e timp de introspecții, mâinile lui mă explorează sălbatic. Nu are chef de alte preludii, iar eu vibrez în același ritm. Corpul meu îl vrea, dar nu și sufletul. Ce să fac? Mai mult decât o partidă nu pot oferi/primi. Sunt atât de excitată, că aproape îl oblig să mă ia. Facem sex gemând adânc, în luminișul cu iarbă proaspătă. Este ceva profund carnal între noi, mai mult chiar decât eticheta de „bun" pe care i-o pusesem până acum. Ca să vezi, când credeai că nu mai poți avea surprize de la bărbați care păreau că ți-au oferit totul...

Ne prăvălim îmbrățișați. Nici nu am apucat să ne dezbrăcăm. Mă rog, nu era nici locul, nici momentul. Împreunarea aia animalică, atât ne trebuia. Nu a mai fost să fie să așteptăm până acasă. Dar partida asta nu ne schimbă planurile. Vom merge tot la el, căci acum e nevoie să facem dragoste lung, amplu, minuțios. Asta îmi place cu el, că pot avea totul. Și sex sălbatic, și sex romantic, și sex casnic. Tot în materie de sex.

Pe R nu am de ce să-l cuceresc, de ce să mă joc cu el. Îl am dintotdeauna. Dar dincolo de asta?

- Mă exciți, îi spun.

E purul adevăr, dar și cadoul meu pentru el. Ochii îi sclipesc de bucurie și de mândrie. În secundele astea, uită că nu are nimic. Mă ia din nou în brațe, dar... gata. Se face târziu și vreau să ajungem odată. Entuziasmul său scade văzând cu ochii. Nu știu cum de îi reușesc erecțiile repetate. Important e că îi reușesc, nu?

Plecăm. Nu vreau să fiu ca de obicei. Rea. Totuși, și-a lăsat baltă treburile să vină după mine la sute de kilometri. Să mă adune de pe drumuri. Să mă aducă „acasă".

- Să ajungem și acolo continuăm... îi surâd a promisiune.

***

Bărbații nu știu să spună NU. Sinceritatea distruge relații.

Acestea sunt două adevăruri care se susțin reciproc. Aș nuanța spunând că, în general, bărbații nu pot refuza nicio femeie, dar există și femei cărora le este greu să refuze vreun bărbat. În aceste situații, cu atât mai mult nu este nevoie de sinceritate. Pentru ce? Ca să afli ce nu vrei să afli? Ca să fii nefericit/ă, doar de dragul de a cunoaște lucruri care nu te privesc direct? Te ține adevărul de mână? Sau poate te îmbrățișează noaptea? Sau poate că nu este vorba atât de acest „adevăr" de care trag toți cu dinții, cât de orgoliu. Acela de a nu fi fost tu cel/cea care a înșelat. Căci principiile stau la baza lumii și la baza unei relații solide. Greșit! O relație solidă nu se bazează pe adevăruri inutile și greu de suportat, ci pe frânturi de realitate frumoasă, pe iluzii, pe imaginație și pe acel *„îi spun doar ce vrea să audă"*. Pe o pseudo-realitate creată de cei doi parteneri. De cele mai multe ori, o minciună frumoasă a salvat o relaţie, în timp ce adevărul ar fi ucis-o. Ceea ce nu ştii nu te răneşte. Ceea ce nu te răneşte nu există.

Aşadar, dacă nu ştii să spui „NU" şi ai pretenţia să creşti o relaţie, ai grijă ce faci cu adevărul. Are, cu siguranţă, nevoie de oareşce... ajustări. Deşi, sinceră să fiu, chiar nu înţeleg de ce o persoană pentru care NU-ul nu există ar vrea, în paralel, încă o relaţie. Să fie aici o mică dovadă de bipolaritate?

În orice caz, despre mine, aş spune mai degrabă că „Bărbaţii nu ştiu să-mi spună NU".

***

Relaţiile interumane se aseamănă cu o reţea neurologică. Informaţiile circulă extrem de rapid, pe diferite căi, prin circuite mai simple sau mai complexe. Atât că, în cazul nostru, al oamenilor, acestea nu ajung mereu la destinaţie curate, exacte, aşa precum au plecat. Iar asta este una dintre marile noastre probleme. Dacă am reuşi să primim şi să înţelegem mereu mesajele exact aşa cum au fost ele transmise (sau, mai bine spus, cu intenţia cu care au fost transmise, căci nu trebuie să ignorăm nici erorile de emitere), lumea asta ar fi un loc în care şansele de a ne înţelege, accepta şi iubi ar fi reale. Aşa însă, sunt numai iluzorii.

Nu o dată, mesajul pe care l-am trimis a fost recepţionat distorsionat, eventual a ajuns la destinaţie clonat, o dată pe calea directă şi a doua oară pe cea indirectă și rău intenționată. Desigur, nu este responsabilitatea mea, însă trebuie să recunosc că asta s-a concretizat într-o problemă sau două în plus.

De aceea sunt atât de directă, fără artificii, fără decorațiuni. Pentru că eu nu am nimic de pierdut, nicio relație de cocoloșit și, prin urmare, nu am de cine mă ascunde și pe cine minți. Însă e un lux, atenție, care se plătește! Și pe care, iarăși atenție!, nu cred că și-l permite oricine.

***

Am hotărât să-i acord lui R o șansă. Aceea de a-mi demonstra că putem petrece mai mult timp împreună fără să fiu obligată să-l concediez. Asta presupune că nu va uita că noi nu suntem într-o relație și că eu nu-i datorez nimic. Nu-i datorez să-l mint frumos și să-i menajez sentimentele. Iar asta ne conferă o stare de confort.

R este un bărbat frumos, căruia femeile îi fac avansuri. El le primește galant, flatat - îl simt, dar fără să-i dispară acea vagă tristețe din ochi. Știu că sunt cauza ei, dar, din păcate, nu este vina mea. Fiecare dintre noi este responsabil pentru integritatea sufletului său. Dacă sufăr este pentru că alegerile și deciziile mele au convers către asta și, în niciun caz, nu este vinovat cel căruia eu îi dedic suferința mea. Poate că am circumstanțe atenuante pentru aceste alegeri ale mele, însă nimic mai mult. Modul în care eu aleg să-mi duc suferința, s-o curm sau s-o prelungesc la infinit este, din nou, doar problema mea. Atât că este mai simplu să arunci mereu în cârca altuia, să arunci vina în afara ta, să găsești responsabili în exterior pentru a nu-ți chinui conștiința. Să suferi fără să admiți că ești principala cauză a propriei suferințe este aproape un deliciu, sadomasochist, dar, totuși, un deliciu. R suferă nu pentru că eu nu-l pot iubi, ci pentru că el a ales să continue o relație toxică pentru el. R nu suferă pentru că eu nu vreau sa-i fiu iubită sau pentru că eu mă culc și cu alți bărbați, ci pentru că el a ales să iubească ceea ce a crezut despre mine, ceea ce și-a imaginat despre mine, și nu pe mine, așa cum sunt eu, în realitate. R este un prieten bun, un companion bun. Dar iubirea nu apare la comandă – asta în cazul în care eu aș fi fost dispusă să iubesc. Dar nu mai sunt. Însă asta este altă problemă...

***

Am iubit și eu. Dar am șters tot. Până și amintirea acelor momente. Le-am eradicat. Cum se eradichează molima. Definitiv. Și totuși, azi au revenit. Amintirile, senzațiile, pulsațiile, hăul. Până și scrisorile pe care i le trimiteam, nebună. Le învățam pe dinafară înainte de a i le trimite. Până și cuvintele lor au revenit.

N - un fulger în viața mea. Am și eu slăbiciuni ascunse în fundul pământului. Cu el nu m-aș mai întâlni niciodată, pe el nu l-aș mai rechema niciodată. Pe el nu-l mai vreau în carne. Oricum, îl port ascuns în sânge și asta îmi displace profund. O transfuzie, Anays? N-ar fi rău, dacă nu ar fi inutil...

Pe el l-am uitat fără să-l uit și l-am șters fără să-l șterg. Lui i-am trimis ultima scrisoare din viața mea:

„M-am obişnuit cu lipsa ta, iubitule. Cu lipsa căldurii mâinilor tale, cu lipsa conturului buzelor tale, cu lipsa contopirilor noastre. Iar acum, am ajuns să cred că ele nu au existat decât în imaginația mea bolnavă de iubire și de dorință. Și asta mă face fericită. Căci imaginația mi-e aliat și, oricând vreau, mi te poate aduce întreg și minunat, așa cum mi te amintesc, să-mi îndulcești prezentul îmbibat de lipsa ta... Și dacă mă mint singură, iubitule? Și dacă, de fapt, niciodată nu mă voi putea obişnui cu lipsa ta? Cu acest minus uriaş care-mi dezechilibrează ființa, lăsându-mi totuși chezășie... dorul. Un dor mărunt şi rece, ca o ploaie mocănească de noiembrie târziu, care sfredelește și osul, și gândul.

Când mi-e dor de tine, iubitule, mă transform în zbor și nu știu dacă amintirile sunt cele care mi-au născut aripile, mai subțiri decât pânza unui păianjen, dar mai trainice decât toate durerile lumii. Iluzia de a te fi avut cândva lângă mine, de a te fi putut pipăi și urla „este" nu-mi dă voie să mă prăbușesc. Iluzia ființei tale de patimă și suspin mă ajută să plutesc deasupra vieții.

Uneori, iubitul meu, confund absența ta cu prezența ta. Tu mi-ai intoxicat existența și nici nu mai știu de unde să te încep. De unde să te gândesc.

Uneori, am senzația că nu e vorba de tine, ci tot de mine, doar că de o altă parte pe care o descopăr, cu fiecare clipă în plus, tot mai fascinantă.

Alteori, văd limpede cusătura dintre sufletele noastre și, deși „contopindu-se, amestecându-se", înțeleg că unitatea este dată de două părți. Două trupuri, două inimi, două lumini.

Lipsa ta, iubitule, este pauza dintre respirații. Atâta timp cât viața îmi curge prin vene, tu ești aici, prezent și absent în același timp, purtându-mă ca pe stindardul unei împliniri care nu ține seama de niciuna dintre amărâtele astea de legi pământene cărora mă supun fără respect, doar pentru tine...

Și să-ți mai spun ceva - m-am abandonat definitiv de două ori în viața asta. O dată în brațele tale și o dată în brațele... morții. De fiecare dată, am fost dezamăgită.

...Ca dovadă că încă sunt aici și că am devenit cine sunt azi."

***

Femeia, și când uită, nu iartă! Tu nu uita asta!

***

I-am spus lui R că azi sunt ocupată. Să nu mă sune, să nu mă caute. Și-a dat seama. A înțeles. M-am întâlnit cu C. Revederea noastră mi-a fisurat construcția la care am muncit mulți ani. Așa că trebuie să mă ocup cât mai repede de situație. În plus, ce naiba m-a apucat să-mi aduc aminte de N?

C a venit mai devreme. Mi-a adus flori. A pornit spre oraș, dar l-am obligat să întoarcă. Mergem la un mic hotel pe care îl știu eu, cochet, baroc, discret. Habar nu am, așa mi-a venit, să-l văd acolo. Ba știu. E unicul loc în care am fost doar cu N. Pe nimeni nu am mai dus acolo. Să nu-l murdăresc cu altă prezență masculină, cu alte orgasme străine de el. Nu am zis că mă ocup de situație? O atac din interior, arunc în aer punțile pe care nici măcar nu mi-am dat seama că le-am păstrat.

Hotelul este închis. Asta îmi strică cheful. C este derutat, nu știe cum să mă ia. Știu eu. Parcăm în curtea hotelului. Nu o vrea destinul, dar vreau eu. Nu e hotelul deschis, dar curtea sa, da. Dimineața aveam să văd că era abandonat. Cu atât mai bine, simbolurile unor iubiri putrezite de atâția ani nu merită, deși tardiv, doar bătaie de joc.

Am făcut-o în mașină, călare pe el și pe schimbătorul de viteze. Incomod, lasciv, senzual, provocator, enervant. Poziția l-a obligat să-și scufunde fața între sânii mei. Furia mea l-a obligat să-și înfigă degetele în carnea mea. Am îngenunchiat amenințările zombie din cenușa celei care am fost. Le-am plesnit două orgasme peste ochi. A doua oară am renunțat să mai stăm în mașină. Mi-am lipit sânii goi de geamul ei rece, într-o frământare absurdă, străină. Zeama acidă născută în pântec circula de capul ei printre nervi și oase. Eram ațâțată, iar el atât a așteptat. Eliberat de spațiul strâmt al mașinii, m-a iubit adânc, în timp ce la ureche îmi șoptea cuvinte. Cuvinte dezgropate și ele din prima viață. Oare și el e un prost? De ce face asta? Trebuie să mă bântuie acum chiar toate stafiile? I-am șuierat să tacă și, întoarsă pe jumătate spre el, l-am mușcat agresiv de colțul gurii. Să tacă naibii, eu nu fac dragoste cu trecutul meu. Eu fac sex cu prezentul lui.

***

Aveam dreptate. Lucrurile s-au mișcat în sens invers. A fost o greșeală să-l am iar. Aventura asta nu-mi mai place. Nu-mi mai satisface doar apetitul de abandon inconștient în plăceri amplificate de libertatea de a nu avea restricții de niciun fel. C vrea o aventură sub formă de relație. El vrea să mă domine, să mă constrângă, înfigându-mă în controlul lui, precum în... Cineva confundă lucrurile, băiețel. Eu nu sunt amantă de cursă lungă cu același bărbat. Eu nu îmi asum statutul de femeie la mâna a doua.

Eu sunt amantă cu ora. Pentru că e alegerea mea. Să ai o relație stabilă cu un bărbat însurat este deja alegerea lui.

Și C s-a cam întins. Și-a depășit cu mult atribuțiile. Pa, dragule.

***

Femeia nu este într-un singur fel. Nu poți spune despre ea că este doar *„așa"* și atât. Femeia are multe fețe. Uneori, mai multe decât haine. Și-n fiecare zi folosește una distinctă. Ce dacă cea de azi o contrazice pe cea de ieri? E la fel de mult ea însăși. Toate aceste manifestări și simțiri alambicate, contopite, amestecate, alcătuiesc un întreg flexibil, magnetizant și greu de înțeles pentru mințile liniare, în două dimensiuni - sex și mâncare - ale unora dintre bărbați.

O femeie nu se poate defini prin ochii unui bărbat ce o privește lacom. O femeie se poate defini doar prin ochii bărbatului ce o iubește lacom. Și tot mai rămâne loc pentru manifestări străine de ambii.

Să nu aveți vreodată pretenția că puteți cuprinde complet, în gânduri sau imaginație, esența femeii. Mai cu seamă dacă este femeia iubită. Indiferent că vă e iubită de o oră sau de o viață...

***

R mă aștepta ca și când nu s-ar fi întâmplat nimic. Mai izbucnește și el, câteodată, înciudat însă pe el însuși. Au fost momente când m-a înduioșat. Uneori prin prostie, ca atunci când mi-a comunicat că pleacă să se însoare cu prima străină care-i iese în cale. N-a făcut-o, evident. Nu l-am crezut, evident, dar prostia lui a fost înduioșătoare. Așa că l-am rugat să plece. Să plece din calea mea, eu nu îl țin.

- Ba chiar tu mă ții. Dacă mi te-ai fi aruncat măcar o dată în brațe, aș fi putut pleca oricând, cu sufletul împăcat. Dar așa...

M-am „dez-înduioșat" rapid.

Nu ne-am făcut niciodată confesiuni inutile. R îmi este prieten, nu prietenă. Mare diferență. R nu știe nici că m-am despărțit de C - ce fericit ar fi să afle - și nici că N îmi bântuie liniștea. Unui bărbat pe care l-ai lăsat să te tăvălească, nu-i faci în veci confesiuni. Sub nicio formă.

R mă aștepta așa cum o face mereu. Reconfortant să știi că ai mereu o plasă de siguranță. Că oricât de jos ai cădea, e cineva acolo să te prindă, chiar dacă asta nu te scutește de lovitură. Dar măcar te ajută să închei pe două voci acel capitol din care ai căzut așa de dramatic.

Să fim serioși, niciodată lucrurile care iau chipul unei tragedii antice nu au și esența lor. Înainte de a continua, să vă spun că, peste ani, R s-a însurat pe bune și are doi copii. Deci, despre ce vorbim aici? Nu am fost eu, a fost alta. De aceea eu nu plâng în pumni niciodată suferința din dragoste a bărbaților. Pentru că sunt mult mai flexibili decât noi, femeile. Și pentru că, de cele mai multe ori, această suferință este decorativă, având scopul precis de a impresiona și de a atrage, chiar și atunci când nici măcar nu-și dau seama de asta.

Și-s destule muște care pică în plasa dulce a amăgirilor.

***

Scrisoare către N

„Eu te iubesc mai mult decât orice pe lume. De aceea îți suport toate hachițele. Și te iert, și te tot iert. Și te înțeleg mai mult decât ar înțelege poate propria ta mamă. Și o ținem așa de mult timp.

Până într-o zi. Ei, în ziua aceea, poate că tu ai fost doar puțin impertinent sau doar te-ai uitat urât, așa cum obișnuiești, sau poate mi-ai răspuns iar răstit, sau poate că nici n-ai făcut ceva palpabil reprobabil, poate că doar ai fost tu însuți... Ei bine, în ziua aceea... dar ce zic eu în ziua aceea, în clipa aceea, când mă uit la tine, dintr-odată, ceva se oprește... și moare! Ceva ireversibil se întâmplă...

Iar eu nu mai sunt eu, ci o persoană brusc nouă, străină și necunoscută, care te privește rece și... nu te mai înțelege. Și nu te mai suportă, și nu te mai iartă. Nici măcar nu pot spune că a fost „picătura care a umplut paharul", căci e mult mai puțin decât o picătură. Sau nu e nimic, doar un gând pe care l-am crezut mort și-ngropat și nu știu cum tocmai azi a reușit să învie și să pună sechestru pe cea care am fost până acum pentru tine. Iar din acest nou punct zero al devenirii mele, totul se schimbă. Iar ție nu-ți convine. O nemulțumire în plus nici nu mai contează, nu? Atât că este prima care pornește de la un motiv real...

Iar după ce constați că nu mă prefac, că aceasta este noua mea realitate... te sperii. Și ai vrea să ștergi totul cu buretele și ai vrea s-o luăm de la început, ca și când nimic din toate astea nu s-ar fi întâmplat. Pentru că tu te-ai schimbat.

Într-un fel, chiar așa și e - o luăm de la început, însă fiecare de la un alt început, pe drumuri diferite, neintersectabile.

Și-ți jur că nu te înțeleg. De ce trebuie să moară totul pentru ca tu, în sfârșit, să vrei să-mi fii, tardiv și inutil?"

„Eu îți voi fi cel mai bun prieten", mi-a spus N la despărțire. Azi mor de râs, atunci l-am considerat doar un mare dobitoc.

***

Nu sunt ruptă între cea care am fost și am iubit - așa cum nu pot spune în cuvinte -, și cea care sunt azi, iubită – așa cum oricine poate spune în cuvinte.

***

- Fumezi prea mult, zice R. Iar.

Nu-l aud. Iar. Fumez și mă întreb, oare cum arată azi N? Sau ieri? Sau mâine?

- Te iubesc... șoptește R, probabil, fără să vrea.

Cu atât mai mult nu-l aud. Iar.

Sunt multe momente când o femeie trebuie să fie oarbă, surdă, mută sau toate la un loc. Unii le spun compromis, dacă asta se întâmplă într-o relație. Însă, în afara vreuneia, e dovadă de sănătate mentală. Pur și simplu.

Ce să fac eu cu o iubire inutilă? M-am întrebat adesea și cum încă nu am găsit cel mai bun răspuns, R continuă să-mi fie în preajmă.

***

O relație se încheie atunci când nu mai are nimic de oferit cel puțin uneia dintre părți. Iar în cazul ăsta, eu nu am ce să-i ofer lui R - probabil că, în realitate, niciodată nu am avut, doar el și-a închipuit altceva -, în schimb, el îmi oferă un temporar adăpost, de care nu am nevoie tot timpul, dar pe care, lacomă, nu mă îndur să-l las alteia.

La sfârșitul zilei, trag linie și sunt aceeași persoană nedreaptă, dar care, până la urmă, poate cu ceva regrete, va trebui să înțeleagă că e nevoie să se retragă. Din relația cu R, relație ce nici măcar nu există!

***

Libertatea de a păcătui nu ți-o poate lua nimeni. Nu este asta minunat?

Fără ipocrizie, libertatea de a păcătui este libertatea de a fi tu însuți, de cele mai multe ori trecând peste norme de tot felul. Cine are însă curajul să o facă și apoi să continue cu capul sus? Greu de spus! Cine are curajul să-și asume viciile? Să stea drept, indiferent la furtunile pe care le stârnește în mințile celorlalți, fără să-l atingă, de fapt, nimic? Mă arăți cu degetul? Ei, și? Degetul tău e murdar, așa că mă voi feri de atingerea lui. Tu nu ești judecătorul meu - așa cum nu ești judecătorul nimănui -, așa cum nimeni nu este judecătorul meu.

Nu te lua de viciile mele! Îmi sunt mai fidele decât cel mai înfocat amant...

***

Când un bărbat spune că te iubește „în felul lui”, de fapt, vrea să spună că-l doare - profund și continuu - undeva de tine. Iar atunci, cu atât mai mult, tu nu va trebui să-l iubești complet, pasându-i lui toată încărcătura emoțională, frâiele și controlul asupra ta. Să te predai total unui bărbat, devenind în mod conștient complet dependentă de el, este o sinucidere programată. Mai devreme sau mai târziu, „în felul lui”, te va pofti să pășești singură în neant. Și ce vei face atunci? Rămasă fără tine însăți, rămasă fără nimic? Vei avea, desigur, dreptul să suferi, să te zbați, să fii ridicolă (cui îi pasă?), să te tăvălești de durere... dar când toate astea vor fi epuizat o dată în plus ce a mai rămas din tine, resturile, cum ar veni, ai obligația să te ridici - chiar și în genunchi - să zâmbești și să faci un prim pas înainte. Târât, descompus, dar să-l faci. Și apoi încă unul și încă unul. Uneori chiar și peste cadavre...

Ține minte, dă tot ce ai, nu tot ce ești!

***

O prietenă a avut la un moment dat stupida idee de a-mi prezenta pe cineva. I-am tăiat-o scurt, probabil mă confunda. Nu accept să-mi fie prezentați bărbați. Mi-i aleg singură!

Am crezut că a înțeles, dar m-am înșelat, căci l-a adus la o petrecere și mi l-a vârât sub nas, alături de alți necunoscuți. Și-a camuflat, oarecum, intenția, însă nu suficient de bine. Nu înțelegeam de ce insistă, de ce ține cu tot dinadinsul ca eu să-l cunosc pe acel bărbat... Și cu atenția la el, dar cu coada ochiului la ea, i-am simțit tresărirea. Strălucirii spontane din privirea lui i-a corespuns, pe loc, o durere care i-a străbătut abia perceptibil trupul ei, zguduindu-i sufletul.

Are puterea să-mi zâmbească, după care se face nevăzută în mulțime.

La plecare, la brațul lui D - braț de bărbat galant care se oferise numai să mă conducă acasă – o zăresc rătăcită printre sticle. Renunț să-mi iau la revedere. Ulterior, nu am mai dat de ea, și-a schimbat numărul de telefon și a dispărut din viața virtuală. Ce femeie pusă la pământ de propriile-i simțiri! Nu știu pe cine a crezut ea că se poate răzbuna – pe ea însăși, că a fost respinsă, sau pe el – cu speranța că îl voi respinge eu pentru ea, fără să-mi dau seama? Cumva, s-a gândit să mă folosească. Eu, cea care nu sunt refuzată de niciun bărbat. Ce femeie limitată de lipsa de control a celor mai animalice impulsuri! Ce femeie demnă de milă, însă nu a mea, căci eu, desigur, nu i-o pot oferi...

D al ei și-a luat rămas bun discret, cu o eleganță retro-amuzantă. I-am intrat în joc doar pentru că autosuficiența sa m-a instigat.

Nu le pot rezista bărbaților autosuficienți. Provoacă în mine o puternică dorință... Dorința de a-mi bate joc de ei!

Între o femeie nebună și un bărbat îngâmfat, atât de umflat în pene, încât înăuntru răsună un mare gol, aleg să râd. Așa că îi accept invitația la cafea de a doua zi. Și de a treia zi. Și pe cea la restaurant. Și pe cea din club. Un club pe măsura lui de snob, un club de oameni amorțiți de vârstă și excese fine, subtile, intelectuale, răsfrânte grotesc pe chipurile mature. Oameni perverși în sensul ilar al cuvântului. Niște caraghioși bolnavi de sine înșiși.

Gentleman-ului meu i se aprind călcâiele și, în dansul stângaci și pătimaș, încearcă să mă înghesuie, căutându-mi sânii. Îl las să se desfete cu forma lor fragedă și cărnoasă, în timp ce mâinile mele caută să-i măsoare pulsul. Un pic de încurajare, un pic de ridicare de la sol înainte de actul final fac jocul mai interesant și mai excitant. Însă în pantaloni, o glumă. M-am abținut cu greu să nu hohotesc. El ar fi meritat-o. Nu măsor virilitatea unui partener așa, însă aroganța cu damf merită cruzimea-mi. Am continuat, mai mult din curiozitate, încercând să mă dumiresc dacă este, totuși, bărbat și nu am parte de altă surpriză, și nu că m-ar fi intrigat, dar vreau să știu exact cu cine am de-a face. Până să mă dumiresc însă eu, el era gata. Terminat. Terminase. A tulit-o mai puțin elegant la baie, cu coada între picioare. Și la propriu, nu numai la figurat.

De acest pseudo cavaler al tristei figuri să te îndrăgostești atât de prostește? Dacă îți lași inima la vedere, nu trebuie să te mai miri că ți-o mușcă toți neterminații... iar odată infestată, să te ții, că nu e deloc ușor, uneori devine joc fatal și pierzi nu numai o bătălie sau întreg războiul, ci și pe tine, cu totul.

I-am acceptat din nou, lui D, invitațiile. Eram curioasă să văd când și cum va face pasul, că deja se învârtea aprig în jurul meu. Peste incidentul din seara aceea a trecut ca un adevărat domn, tăcând mâlc, ca și când nu s-ar fi întâmplat nimic, însă a ezitat să se mai apropie atât de mult. Până în momentul în care, după o ieșire așezată în oraș și după ce-și făcuse curaj cu o sticlă de șampanie, m-a invitat la el acasă. Să-mi „arate" nu știu ce. Jenant. Tactică de adolescent cu coșuri și-n călduri, sătul să și-o frece ascuns sub plapumă sau adăpostit de ploaia dușului. Am acceptat, cu îndoiala că el chiar nu joacă teatru. Cumva, niște corzi au vibrat în pieptul lui de cocoș.

Dar nu în acea seară. La o dată ulterioară.

Rămăsese să ne întâlnim în oraș. Am refuzat întotdeauna ca vreun bărbat să vină să mă ia de acasă. Nu neapărat că mizez pe „egalitatea sexelor". Mizez pe discreție. La mine acasă se ajunge greu. Și rar. Foarte rar. Numai N știe unde stau, numai N a fost aici.

Mizez pe demnitatea mea.

Ce numești tu misandrie, eu numesc demnitate. Ce numești tu demnitate, eu numesc misoginism.

Cu câteva ore înainte de întâlnire, l-am sunat pe D. Am procedat cu el „bărbătește”. Ce, nu e bine să primească ceea ce oferă? Ba eu cred că ar trebui să-mi mulțumească.

Dacă stau să mă gândesc, se putea ca acel telefon să vină după ce iubirea lui ar fi căpătat contur, după ce s-ar fi aruncat complet, cu capul înainte în vâltoare, așa cum încă mai cred unii că se iubește. Fără precauții, fără măști, fără teamă, fără haine, fără, vezi Doamne, ipocrizie…

L-am sunat să-i spun că am făcut curat în viața mea și el... ei, bine, el nu mai are loc. A rămas pe dinafară... Și zdrang, telefonul. Atât și nimic mai mult. Atunci. Căci la ceva timp după, l-am sunat din nou.

Să văd dacă mai trăiește.

Să îl întreb ce face, să fim prieteni, să ne vedem… ca și când nimic nu s-ar fi întâmplat, ca și cum ar fi fost un gest firesc. Așa cum ar fi făcut un bărbat cu o femeie căreia i-a dat papucii înainte să i-o tragă și care are, cumva, regrete, așa că încearcă să remedieze situația și s-o bifeze și pe ea la pat.

L-am simțit cum se frânge, și-a schimbat vocea instantaneu și doar a murmurat, destul de hotărât, să-i uit numărul de telefon și să nu îl mai caut niciodată. Tragedie în toată regula, spectatorii ne lipseau. De aceea, înainte de a încheia această ultimă convorbire, nu am avut cum să rețin în închisoarea gândurilor o anume întrebare, așa că a țâșnit liberă și viguroasă:

- Chiar atât de mult m-ai iubit?

Iar răspunsul lui mai că nu m-a dat pe spate:

- Și da, și nu...

Dragă D, ești praf. Prietena mea neprietenă poată să respire ușurată. Ea și restul femeilor cărora tu le vei fi călcat vreodată, cu pantofii tăi eleganți și proaspăt lustruiți, inimioarele și sufletelele.

Cum era vorba aia? Neeeext!

***

G este un alt dobitoc cu care m-am intersectat, la un moment dat. Însurat, cu copil. Capabil să facă bani, incapabil să-și țină pantalonii pe el. Toxic. Genul de bărbat a cărui prezență inițial îți face plăcere, te flatează, pentru ca apoi, rapid, măștile să cadă și să te lovești de ecoul pe care golul său sufletesc ți-l aruncă în față, ca pe o insultă. I-au trecut multe femei prin pat și prin gând. S-a tot agățat când de una, când de alta, cu disperarea omului care-și caută esența în afara sa. Sau prin chiloții celor care au cedat, naive, îmbătate de feromonii lui. Eșec total.

G seamănă cu o caracatiță cu tentacule lipicioase. Își devorează prada inconștient, fără milă, fără să înțeleagă, că, de fapt, se devorează pe sine. Oamenii ca G sunt mulți în jurul nostru și umblă liberi pentru că nu au fost diagnosticați. Încă. Despre bărbații G vă pot spune doar că merită aruncați la coșul de gunoi al istoriei personale pentru că, în realitate, ei nu sunt nimic, nu au nimic. Nici măcar pe ei.

***

Să dăm cărțile pe față. Sunt rea în măsura în care asta înseamnă că nu sunt dispusă să-i tolerez nimănui ipocriziile, meschinăriile și ieșirile în decor. În fond, de ce aș face-o? Ce câștig am să închid ochii și să bag mizeria sub preș? Cândva, toate aceste lucruri tăcute și trecute cu vederea se vor întoarce împotriva mea. Și atunci, a cui va fi fost vina? De ce să aștept acel moment, când mă pot scuti de neplăceri încă de la început?

Sunt selectivă. Așa cum tangențele cu un bărbat infatuat sunt scârboase și consumatoare inutile de energie pentru mine ca femeie, la fel și relația unui bărbat cu o femeie care, prin nu știu ce capriciu misterios al sorții, are totul la dispoziție și, în loc să fie recunoscătoare, își plimbă nasul pe la înălțimea norilor, dând cu tifla celorlalți, nu poate fi decât una dezastruoasă. Iar eu nu cunosc solidaritatea de gen. Dacă ești mizerabilă, nu-mi cere să te consider egala mea pentru că nu ești. Faci parte din categoria rebuturilor și prea puțin mai mult.

Deci, nu. Nu.

***

M-am despărțit de R. Vorba vine „despărțit", căci nu poți despărți ceva ce nu a fost niciodată unit. Însă nu mai am chef de el. Nici să-l văd, nici să-l aud. Nici nimic. În plus, zilele astea atenția mea a deviat către L. Îl știu de mult, dar nu l-am văzut până acum. Poate că ăia 20 de ani pe care îi are peste mine nu m-au tentat prea mult înainte. Dar L are un farmec pe care îl eliberează treptat, controlat, eficient. M-a surprins. Am acceptat provocarea. L se face că se lasă greu. Vrei jocuri, deci? Îi închid telefonul în nas. Un weekend nu-i mai răspund. Nu răspund nici la mesaje, nici la apeluri venite de pe numere necunoscute sau ascunse. Știu că este el.

Cu mine te joci doar după regulile mele.

Ultimul lui mesaj marchează înfrângerea. Jocul lui s-a terminat. Începe al meu. Îi răspund a doua zi și-i accept invitația. Ieșim la cel mai scump restaurant din oraș. Atenția lui mă flatează, dar nu am nevoie de ea pentru a adora ce văd în oglindă... așa că nu mă las impresionată, deși acum L se străduiește vizibil să-i reușească. E un spectacol pe care nicio femeie nu l-ar întrerupe doar pentru a-și elibera victima din strânsorile îndoielii. Totuși, la sfârșitul serii, îi fac o surpriză. Vinul a fost excelent şi paşii săi prin sângele meu lasă urme de erotism virulent. Nu rezist impulsului de moment și trântesc poşeta deschisă sub masă, acolo unde se împrăștie rapid pântecul său generos. Mă aplec să strâng dezastrul și-l surprind deschizându-i șlițul. Tresare speriat, uimit, străbătut ca de fiorul unei apoplexii și varsă paharul cu vinul scump. Încearcă să se recompună repede în timp ce, sub masă, în mijlocul unui restaurant de fițe, mâna mea își face de cap în pantalonii lui. Simt că îi ies ochii din orbite și, cu câteva secunde înainte de punctul terminus, renunț la fel de brusc precum am început și mai rămân puțin sub masă, să-mi adun lucrurile. Mă ridic ca și când nimic nu s-ar fi întamplat și îi fac semn să mai comande vin. Vorbesc singură, L nu și-a revenit din transă, el încă mai colindă tărâmurile erotismului pervers, exhibiționist, ademenitor și... dispărut.

Au mai urmat și alte întâlniri. Niciuna la fel de imprevizibilă, niciuna la fel de indecentă. Îmi plăcea siguranța pe care brațele lui mi-o ofereau, fără s-o cer, fără s-o vreau, iar asta mă arunca undeva în începuturile ființei mele. Mă regăseam dincolo de toate construcțiile mele baroce, dincolo de acest cinism contrafăcut, dincolo de suma experiențelor trăite. Tare înșelător sentiment! Aș fi rămas acolo, fără să îmi dau, inițial, seama că asta ar fi însemnat să mă trădez, să mă dezic de mine însămi, de cine am devenit, de cine sunt. Aș fi rămas acolo, sedusă de o inocență pierdută tare de mult, al cărei gust mi-a șocat obișnuința. În rest, dezastru. Și el a vrut să mă facă amanta lui, după care femeia „lui", fiind dispus să arunce totul în aer. Eu nu sunt femeia nimănui, lângă numele meu orice pronume posesiv moare sufocat. Să nu uităm asta.

Când i-am spus că aventura noastră s-a terminat, m-a privit cu ochii în lacrimi și, ca amintire, la despărțire, mi-a făcut o declarație de dragoste. Simplă, ascuțită, pătrunzătoare. Mi-a rămas în memorie și atât.

Adio.

***

Hai să lăsăm fandoselile, măştile și minciunile menite să ne adoarmă conștiința și, într-o mare măsură, sufletul. Hai s-o spunem pe a' dreaptă: un bărbat nu-şi iubeşte cu adevărat nici soția și nici amanta, atunci când are şi una şi alta. E clar că, dacă ar iubi-o pe vreuna dintre ele, cealaltă nu ar mai avea ce căuta în viața lui. Dar aşa, ele nu reprezintă decât polii comodității sale extraordinare, cele două femei având câte un rol bine determinat și fiind, împreună, răspunzătoare de acoperirea nevoilor sale egoiste. Şi atunci, logic vorbind, cum să renunțe la vreuna dintre ele? Cel mult, le înlocuieşte, mai des pe amantă, că e mai puțin complicat şi îi afectează mai puțin zona de confort. Căci un divorț presupune deranj şi este exclus, cu excepția situației în care, într-adevăr, se îndrăgosteşte de cealaltă. Doar aşa nu îl interesează că sacrifică locul călduț de acasă pentru a lua în piept viața alături de noua iubire. Şi dacă aceasta, la rândul ei ar fi căsătorită, fostul soț și amant - acum bărbat liber cu acte - e în stare să meargă până în pânzele albe pentru divorțul ei, să lupte până la sfârşit, cu orice preț, indiferent de deznodământ. Dar, cum spuneam, să nu ne înfierbântăm, căci nu prea e cazul.

În general, scopul principal al aranjamentului este propria persoană. Persoană pe care două femei o pot servi mai bine decât una, corect?

De ce acceptă aceste femei situația? Deja ştim - poate că-l iubesc pe netrebnic (ambele), poate din comoditate, inerție, ruşine, frică de divorț, frică de a rămâne mamă singură (soția), poate din nevoi materiale, singurătate, dorința de a nu se lega la cap (amanta).

Dacă ele luptă pentru el? O, da. Fiecare îşi închipuie că statutul ei este mult mai important în viața lui şi că, mâine-poimâine - e chestiune de zile - el va renunța la... cealaltă. Fiecare dintre ele o consideră pe „rivală" ca fiind... „cealaltă" femeie. O nenorocită care îl „obligă" pe „nevinovat" să rămână agățat de ea, deşi el nu vrea. Serios? Cât de jos trebuie să cadă o femeie, cât de disperată trebuie să fie, cât de mult trebuie să se urască și să se desconsidere ca să se mintă în halul ăsta, indiferent în care dintre cele două roluri joacă? Mai ales că nu este scutită de suferință, de lacrimi, de dor și tot arsenalul ăsta jenant și scandalos de manifestări...

Cât despre situația în care el le iubeşte pe amândouă şi de aceea nu poate renunța la niciuna, să vă spun sincer, doamnelor, ați văzut prea multe filme!

***

Nu aştepta să te linguşesc. Nu aştepta să-ţi mulţumesc - indiferent pentru ce - punându-mi poalele în cap. În general, te sfătuiesc să nu ai aşteptări de la mine, aşa cum nici eu nu am de la tine. Fii bărbat, nu doar un jalnic reprezentant al sexului aşa zis tare. Căci nu e suficient să ai sculă ca să te consideri unul!

Adevărul este că, oricât ne tot ferim în ultimul timp să recunoaştem - clădind în acest scop adevărate sisteme filosofice aflate în echilibru instabil - femeile au nevoie de bărbaţi şi invers. Asta nu exclude faptul că putem, foarte bine, trăi unii fără alţii. Evident, că putem. Dar nevoia rămâne. Strivită între „puterea" femeii şi laşitatea bărbatului. Sau sublimată în altceva. Într-un stil de viaţă curajos. În stilul meu de viaţă.

Totuşi, din punct de vedere feminin, definiţiile date bărbatului sunt destul de complexe şi nu neapărat conforme cu adevărul. Însă femeile sunt predispuse la multe concesii, uneori chiar şi atunci când nu găsesc la un bărbat nimic din ceea ce caută şi doar pentru că sunt îndrăgostite. Cunoaşteţi, nu? Ei, bine, despre astfel de cazuri vorbesc.

Despre aceşti bărbaţi care pun mai presus de orice propria stare de bine, propriul orgoliu, propriul stomac şi, să nu uităm, propriul prohab. Şi cu asta, basta, se cred bărbaţi, demni de iubirea femeii de lângă ei. Uite că nu e chiar aşa. Ce ziceam? A, da! Că nu e suficient să ai un penis în pantaloni ca să fii bărbat.

Degeaba eşti „mascul feroce", dacă ai divorţat de bun simţ, tandreţe şi empatie.

Degeaba eşti mândru de performanţele tale erotice, dacă uiţi că ele se desfăşoară alături de o femeie pe care o abandonezi nemulţumită.

Degeaba dai cu pumnul în masă, de răsună cartierul, asta nu înseamnă că ţi-ai impus punctul de vedere, ci bădărănia şi proasta creştere.

Degeaba „aduci un ban în casă", dacă ţii morţiş să ştie toată lumea că nevastă-ta câştigă mai puţin şi astfel este o „întreţinută".

Degeaba ai pretenţia că eşti un bărbat modern, dar acasă, conform tradiţiei patriarhale transmise cu sfinţenie de mama personală, nu ridici un deget, asistând indiferent la treburile casnice, care, cumva, nu te privesc, de parcă nu ar fi casa ta, de parcă nu ai trăi şi tu acolo, de parcă ţi-ai fi luat slujnică cu nuntă şi verighetă, şi nu soţie.

Degeaba eşti o prezenţă plăcută, te aranjezi şi te ferchezuieşti, dacă o faci ostentativ, doar pentru a atrage priviri străine, menite să-ţi hrănească şubreda încredere în propriile forţe.

Şi, nu în ultimul rând, degeaba te dai mare familist, ţinând teorii oricui este dispus să te asculte, omorând internetul cu înţelepciunea-ţi, dacă, de fapt, tu nu eşti nici pe departe… fidel.

Degeaba te pricepi la cuvinte, dacă le foloseşti doar ca să minţi şi să răneşti...

Degeaba ai apoi pretenţia ca femeile să nu te trateze cum te tratez eu. Absolut de-gea-ba!

***

Scrisoare către N

„Uneori, simt că-mi scapă sufletul din lesă şi o ia razna pe coclaurile iubirilor pierdute. Se încăpăţânează să hălăduiască prin locurile interzise ale trecutului, în cele mai fericite zile ale sale, acelea care s-au scrijelit adânc în memoria mea afectivă. Retrăieşte la infinit clipe pe care le-ar vrea eterne, momente care i-au rămas înfipte în coaste şi cu care nu ştie ce să facă. Uneori, îi vine să urle de disperare, alteori, de fericirea de a evada, dar, de cele mai multe ori, îi vine să-şi jelească iubirile moarte prematur, nenuntite. Iar întoarcerea este mereu dureroasă.

Mi-e teamă că într-o zi nu se va mai întoarce. Mi-e teamă că într-o zi îşi va lua viaţa în dinţi şi va fugi definitiv cu ea, asumându-şi orice risc, orice consecinţă.

Mi-e teamă, iubitule, că într-o zi îşi va aduna tot curajul – uitând că l-am condamnat la laşitate de atâţia ani – şi va încheia brusc şi definitv acest capitol inutil şi trist, ale cărui lecţii au venit criptate. Şi îmi mai este teamă că, în acea zi, eu nu voi fi gata să învăţ fericirea şi că voi continua să prefer, în locu-i, deznădejdea. Şi îmi mai este teamă că nu-i va păsa deloc de toate astea şi că, dacă nu-l voi urma, voi rămâne doar un mort viu care-i imită pe cei din jur şi care se preface că trăieşte. Îmi este teamă că mă va trăda, aşa cum şi eu, la rândul meu, o fac de foarte mult timp.

Așa că nu-mi pot permite să stau cu brațele în sân, asistând temătoare şi neputincioasă la propria-mi prăbușire. Tocmai de aceea, într-una din zilele acestea, va trebui să mă scutur, să mă trezesc şi, în sfârşit, să nu-ți mai scriu, să nu mă mai gândesc la tine, să-mi omor amintirile și să-mi îngrop adânc iubirea și astfel să devină una dintre întâmplările fără importanță – de care nu ar fi exclus să mă și rușinez într-o zi - și nu hotar al devenirii mele, cum, de fapt, chiar este..."

***

U a fost tare insistent de-a lungul a câtorva ani. Reușea să știe unde sunt și ce fac, avea mai peste tot câte un cunoscut care să se intereseze „dezinteresat" de mine și care să-i dea detalii. M-a și ajutat, fără să i-o cer, fără să știu că vine din partea lui. Am aflat ulterior și a fost mai bine, căci, dacă aș fi știut, l-aș fi refuzat categoric. Și el, cumva, intuise asta. Din umbră, a reușit să taie prematur speranțele unei posibile aventuri interesante. Și, ce să vezi, fix cu omul lui de încredere nu se putea începe nimic. Îl alergase șapte țări și șapte mări doar ca să „aibă grijă" de mine, de parcă aș fi fost un copil neajutorat. De fapt, copilul neajutorat era el, speriat că aș putea să uit că există. Așa că, discret, încerca sa-mi mențină memoria trează cum știa mai bine.

Ulterior, a lăsat baltă discreția, și a venit chiar el după mine. Un alt cățel schelălăind trist printre fustele mele. Începuse să devină agasant, deși nu o făcea ostentativ. Nu-l puteam acuza de hărțuială, însă nici nu-l puteam tolera vârându-și mereu coada. Dacă nu ar fi fost atât de disperat că voi dispărea, probabil că nu aș fi dispărut, așa cum se temea, așa cum am făcut-o. Cert este că U a reușit să omoare exact ceea ce voia să mențină viu, printr-o nocivă respirație artificială. Cu U nu s-a întâmplat nimic, nu s-a putut întâmpla nimic, a stat călare pe situație până a sufocat-o. Și atât. La plecare, i-am dat un brânci bărbătesc și i-am adus la cunoștință că grija lui pentru viața mea a luat sfârșit. Deși nu a înțeles imediat și a mai continuat, timid, să se ivească „întâmplător", când nu mă așteptam, a renunțat până la urmă.

Prea multă iubire ucide iubirea.

***

Înainte credeam că fericirea are cel mai scurt termen de valabilitate. Că, odată ce-ai prins-o, trebuie să ţii braţele şi sufletul deschise… deşi asta nu a salvat-o niciodată de la o moarte timpurie. Mi-a dat numai, pe moment, posibilitatea s-o respir din toate părţile. S-o sorb lacom, conştientizând-o şi aruncând-o astfel în eternitate, acolo unde să mă pot mereu întoarce s-o savurez. „*Acolo*", căci aici, între timp, deja va fi trecut.

Credeam că fericirea se declină doar la persoana I plural. O declinaţie destul de rar întâlnită, dacă e să fim dureros de sinceri... însă, până la urmă, nici nu contează şi asta pentru că înseşi premisele de la care pornesc sunt total eronate. Cu alte cuvinte, în cârca unei greșeli eu îmi programasem existența. Era normal să dea rateuri, corect? De aceea, fericirea mea dura numai o clipă...

Fericirea palpabilă, reală, concretă, se numără de la unu, nu de la doi. Începe cu sinele ades abandonat tocmai în căutarea ei înfocată, în afară. În căutarea a ceea ce înțelege şi crede fiecare că înseamnă ea. Cu forme diferite, cu visuri, speranțe, așteptări şi iluzii diferite, însă, în esență, același orgasm continuu al sufletului aflat în imponderabilitate.

Nu este uşor, dar este o treabă pentru care merită să trăiești și să te războiești cu toți ineptii din jur. Căutarea fericirii personale este poate, singurul sens pe care aş putea să-l dau vieții.

***

Scrisoare de la N

„Suntem precum două mâini care toată viața s-au căutat pentru a-și împreuna, cast, degetele... Suntem precum două mâini al căror unic motiv de a exista? este mângâierea... Suntem precum două mâini ce aparțin unor oameni născuți în dimensiuni paralele... Suntem precum două mâini ce se vor usca de ani și de doruri fără să-și fi împlinit destinul... Suntem..."

***

Am cunoscut multe iubiri și încă? și mai mulți bărbați, dar şi câteva declarații de dragoste greu de înțeles. Neașteptate şi... neintenționate. Întâmplări sucite și incitante ce s-au dovedit a fi dintre cele care, după ce tragi linie și ștergi tot, rămân. Puncte de sprijin ale istoriei sentimentale personale.

N mi-a cerut ceva într-o zi. Ceva ce eu nu am știut nici să-i refuz, nici să-i ofer. Prea tânără, prea naivă, prea proastă. M-a rugat să-l las să-mi atingă sexul cu batista lui. Batistă pe care, după ce și-a dus-o la nas și a inspirat profund, mi-a promis că o va păstra mereu aşa pentru a mă simți intim aproape chiar şi când nu îi sunt în preajmă. Îmi amintesc atât de limpede scena, ca şi când s-ar fi întâmplat ieri. Niciun bărbat vreodată după aceea nu a făcut vreun gest similar măcar. Nicio partidă de sex dintre cele care au urmat – și au urmat câteva încinse peste măsură - nu s-a putut compara cu acel moment desprins dintr-o fantezie perversă și vinovată.

Am lăsat demult în urmă sentimentalismele, amorurile tranșate cu lama pe venă, însă toate acestea fac parte dintr-un trecut care îmi aparține la fel de mult cum eu însămi îmi aparțin.

***

Îmi aprind o țigară. Primul fum are întotdeauna un gust aparte. Profund, curat, îl inspir până la granița dintre extaz și nebunie, fără milă. Așa și trăiesc, fără milă pentru consumabile. Trupul însuși face parte din categoria consumabilelor. Așa că mi-am propus să-l consum cu patimă și desfătare. Conștientă de fiecare mișcare, gest, decizie, alegere. Pentru că așa vreau eu.

Mai știi numărul tentațiilor și al ispitelor care ți-au tăiat drumul? Sau mai bine zis, care și-au tăiat drum prin carnea ta? Le-ai știut răspunde în afară de refuzul categoric, parazitat de regrete, sau de cedarea inconștientă, dublată de o „vină" căreia ulterior îi dai voie să te sufoce câte puțin în fiecare zi?

***

Scrisoare către N.

„Sufletul mort e mai greu decât trupul mort. Sufletul meu e mort. Iar eu trebuie să-l car după mine, peste tot, în fiecare clipă.

Te-am întrebat de atâtea ori și nu mi-ai răspuns, așa că te mai întreb pentru ultima dată...

Cu ce se străbat distanțele care-i despart pe doi iubiți după ce timpul se va fi scurs între ei, împingându-i cu abilitate pe drumuri paralele?

Cu ce se măsoară lacrimile vărsate pe ascuns, după ce ochii au uitat să se privească, mâinile să îmbrățișeze și inimile să se caute?

Cât de greu atârnă tăcerea când se vor fi terminat cuvintele de dragoste? Și ce să faci cu spațiile dintre suflete? Cu ce să le umpli? Cu iluzii, amintiri sau amăgiri?

Dar ce să faci cu tonul săltat o notă în plus sau cu ascuțimea din privire? Cu rictusul unui zâmbet mort de mult şi cu mârâiala agasantă care va fi luat locul alinturilor?

Ce să faci cu construcții de vocale şi consoane pe care niciodată nu ți le-ai fi imaginat că vor pluti în jurul tău? Că te vor însoți, redefinindu-ți ființa, din fostă iubită în actuală nedorită?

Cum să accepți că trăieşti în reluări nereuşite, ratând constant momentul cheie? Că te-ai lepădat de cea care erai, în favoarea celei care ai fi putut deveni, dar, pe drum, te-ai rătăcit alături de un... necunoscut?

Cum să accepți că vocabula „noi" nu mai există?

Cum să continui să urci în genunchi, sprijinită în coate, un drum care nu-ți mai aparține demult şi de la care nu ştii cum să te abați?

Cum să te împaci cu un sine muribund, căruia îi apeşi, prefăcându-te că te uiți în altă parte, perna peste față?

Şi când să-ncetezi să-ți împleteşti viitorul cernit din lungile dureri ale lui azi?

Unde să te ascunzi de precizia nimicitoare a dorului?

Cui să-i vinzi singurătatea ta, deja veche şi uzată de atâta folosire?

Cu ce, când, cum, unde... întrebări pe care le-aş vrea strivite doar pentru ca, după o pauză de catalepsie, să le reiau cu lăcomie... întrebări care autopsiază adevărul... întrebări inutile cărora inerția nu le va servi niciodată drept răspuns...

întrebări care, dacă nu ar fi existat, ne-ar fi redus infima dramă la o comedie... într-un act. Pe care, oricum, nu l-aş fi putut semna..."

***

P. După spusele lui, proaspăt separat. După spusele realităţii, niciodată separat. Aveam să aflu ulterior. Nu e o scuză. E o realitate. P este un artist. Alunecă cu uşurinţă între spaţiul îngust dintre lumi, legându-le cu fire nevăzute. Arta sa e înţeleasă de puţini, iar el e înţeles de mai nimeni.

Eu l-am înţeles.

O vreme, i-am făcut culcuş în timpul meu. O vreme, am hălăduit aceleaşi drumuri. Când un bărbat are mai mult decât aşternuturile de împărţit cu tine, îţi poate reţine interesul. Măcar un timp. Aparenţele jucau în favoarea lui P. Victima perfectă, suferindul prin excelenţă, artistul chinuit de propria-i artă. Alesul.

Eu l-am înţeles.

Mi s-a insinuat între picioare într-o zi obişnuită. Sau poate că a avut ceva special ce nu am observat imediat.

Eram la vernisajul ultimei sale expoziţii şi tatonările noastre se prelungeau în mângâieri tot mai lungi, tot mai intime, precum promisiuni lipicioase şi elastice de care ni se aninau, involuntar, dorinţele. Nici nu ştiu dacă P este un bărbat frumos. Sau atrăgător. Sau măcar interesant. Nu ştiu. P este partea lipsă din întreg.

Completarea perfectă. Finalul. Desăvârşirea. Pentru acel prezent, desigur.

Ne-am ciocnit pe holul ce ducea către toaleta comună. Artiştii au modul lor propriu de a vedea şi organiza lumea. Sala expoziţiei rămăsese în urmă, cu un etaj mai sus. Nu ne-am ciocnit întâmplător, mă urmărise toată seara şi când şi-a dat seama că plec, s-a luat după mine. Poate că l-am văzut şi poate că m-am făcut că nu îl văd.

M-a luat brusc de mână şi m-a tras pe o uşă de a cărei existenţă nu îmi păsase până atunci. Un atelier. Pânze, vopseluri, dezordine. Tablouri începute, abandonate, terminate, aruncate. Ardere. Miros înţepător, ademenitor. Mâna lui fermă frământându-mi degetele. Într-un colţ, perne de canapele, un colţ improvizat, probabil un model nud urma să imprime camerei şi pictorilor curbele sale indecente, incandescente, senzuale, obsedante. Nudul acela aveam să fiu eu. Mi-a cerut să mă dezbrac. Am executat comanda ca pe ultimul lucru pe care aş fi putut să-l refuz pe lumea asta. A luat o pânză la întâmplare, pe jumătate lucrată, a acoperit-o cu vopsea şi mi-a cerut să fiu cum simt. Iar eu simţeam că mă desfac, că mă întind şi acopăr universul, că umbra sânilor mei salvează suflete de damnaţi, că picioarele mele se încolăcesc pe torsuri puternice, că pântecul tresaltă într-un ritm necunoscut, lacom să înghită bărbăţia fiinţei din faţa mea.

Cât timp m-a pictat, nu am reuşit să stau locului. Privirile lui mă excitau, aşa că mâinile îmi porneau involuntar în explorări intime pe care le curmam des, cu regrete, cu gândul că nu aș vrea ca viitorul să mă descopere descifrată. Însă așteptarea se prelungea nedrept, bărbatul din fața mea se sublimase în inspirație și mișcările lui precise, ondulate, frecându-mi insistent contururile transpuse pe pânză nu avea nimic de a face cu realitatea mea carnală, fierbinte și nerăbdătoare. Nu am vocație de model, iar timpul în care jocul a respectat regulile lui P se scursese deja. Am sărit brusc în picioare și, până să apuce să-mi spună ceva, orice, l-am readus pe bărbatul care mă pusese să mă dezbrac în prezent, înfigându-mă cu lăcomie în el, trezit brusc la o realitate fermă, pofticioasă, carnală, pervers de dulce.

P avea să-mi spună că a fost cea mai grozavă felație din viața lui. Dar asta nu l-a împiedicat să continue să picteze, cu tresăriri violente, cu linii frânte și tușe exagerat de groase, în timp ce gura mea îl hrănea lacomă cu energie.

Tabloul mi l-a făcut cadou. Atârnă și azi în dormitor, deasupra patului, aducându-mi aminte că trebuie să fiu mereu mai mult decât par.

Relația noastră a continuat furtunos, cu partide prelungite de sex, întrerupte doar de inspirația parșivă care mi-l lua din mâini pentru a mă înlocui cu penelul. După ce ne-am despărțit, a distrus restul tablourilor pe care mi le-a făcut. Pânzele au servit drept fundal negru pentru o dezlănțuire ulterioară de demoni.

A trebuit s-o fac. Nevastă-sa de care era separat (dar nu prea) m-a abordat pe stradă, pândindu-mă după ce ieşisem din atelierul său. Nu eram nici prima şi nici ultima femeie care-i intrase în pantaloni, dar se pare că eram prima care-i intrase în tablouri şi ăsta era semn suficient de alarmant pentru ca această femeie să-mi aţină calea. Nu ştiam cine este, însă, înainte să deschidă gura, am înţeles. Decizia ei de a mă aborda aşa mi-a făcut, brusc, silă de toată povestea. Odată cu intrarea ei în scenă a avut loc ieşirea mea din scenă. I-am făcut semn să tacă - ar fi fost degradant pentru noi, ca femei, să ne spunem ceva, orice, despre faptul că împărţim, nedrept şi cum ne pricepem mai bine, acelaşi penis. Şi aceeaşi muză. I-am spus doar atât. „Am plecat" şi am lăsat-o să-şi verse cuvintele nespuse oriunde în altă parte. Probabil că a făcut-o în urechile lui P, sleit de prea mult sex şi creaţie clandestine.

Nu i-am mai răspuns niciodată la telefoane, nu i-am acordat „dreptul" de a oferi sau primi o explicaţie. Însă apariţia soţiei imediat după plecarea mea probabil că i-a deslușit motivaţiile dispariţiei mele fără cuvinte. Am aflat ulterior că a continuat aşa, „proaspăt separat", niciodată despărţit, însă deja nu mă mai interesa. Povestea noastră s-a rostogolit în tabloul de acasă şi acolo a încremenit, precum o altă operă de artă, suprapusă picturii în sine. Fără umbre sau nostalgii.

***

Scrisoare de la N

„Stăm faţă în faţă. Încă nu am avut curajul s-o privesc în ochi. Ceilalţi ar zice că nu am motive. Că niciodată nu sunt motive suficiente pentru asta. Şi totuşi,

nu o dată, m-am apropiat de margine, uneori periculos de mult, pe punctul de a-mi pierde echilibrul chiar. De fiecare dată, la recapitularea mentală, argumentul a părut, în acel unic moment, justificat. Dar nici măcar asta nu se poate constitui în motiv sau scuză. Până una-alta, nici nu intenționez să mă scuz. În fond, a fost doar o tatonare unidirecțională, un joc amar cu focul despre care, deşi ştiu cât de tare poate să ardă, continuă să mă tenteze cu clipirea sa șireată. Un plan dincolo de planul „z" care ar asigura, oricărei situații, o ieşire, nu o soluție. Nu onorabilă, dar, privită din anumite unghiuri, comodă. O scurtătură, mai degrabă.

Să nu mă condamni, iubita mea. Tentațiile mele sunt și cele pe care le știi, frivole, de suprafață, sunt însă și ascunse, tanice, parșive. Dar ție pot să îți spun că... stăm față în față şi azi. Îmi face galeş cu ochiul, iar dulceața sa (iluzorie, desigur), atât de apropiată de somn şi vise, mi se oferă întreagă.

Fii pe pace, draga mea.

Nici acum nu voi avea curajul să-mi ridic privirea. Probabil niciodată. Însă apropierea ei e ca un drog. Am nevoie să ştiu că, la o adică – probabil niciodată îmi șoptește vocea rațiunii încă prezentă – este acolo, gata să-mi dea o îmbrățișare. Nu mă condamna, nici eu nu o fac nici cu cei care tânjesc după ea, nici cu cei care au avut curajul (laşitatea?) de a o urma, nici cu cei care i se cred superiori. Deasupra. Ca şi când ar păşi pe o punte suspendată, solidă, dar legată la capete cu... ață. Iar ei, deşi ştiu asta, se fac că uită. Sau poate chiar au uitat. Cum spuneam, nu-i judec, astfel că nici nu îi pot considera mai buni. Căci nici eu nu sunt și nici nu mă consider așa.

Să știi însă că lupt pentru ziua în care, deși în fața mea, să nu mai simt nevoia să o salut, să nu-i mai simt senzualitatea absurdă. Probabil că de-abia aceea va fi, cu adevărat, prima zi din viața mea căreia îi vor urma zilele din viața noastră.

Tu crezi în mine, nu-i așa?"

***

T. Prezentul. O poveste despre acum. Se întâmplă în timp ce scriu. Liniște. Cea de dinaintea furtunii, poate. Încă nu știu. Și nici nu-mi doresc să știu. Nu am veleități de clarvăzătoare și nici nu mă interesează să violez intimitatea viitorului încă nescris.

T nu mă cunoaște. Mă consideră un mister învăluit în altul și tot așa, la infinit, precum o etern borțoasă matrioșkă. Și asta îi place lui la mine. Să nu dai tu de cutia Pandorei, dragule. Dar T nu e un fricos și asta îmi place mie la el.

***

Logica feminină are logică proprie. Punct. Fără alte calificative insensibile sau deplasate, iar bărbații ar trebui să se abțină de la judecăți, doar pentru a fi scutiți de rușinea de a se face de râs. Și așa nu înțeleg niciodată esențialul, și așa bâjbâie cu ea sculată, având senzația că le este și busolă, și far în noaptea feminității noastre.

Când l-am întâlnit pe T, nu m-a impresionat. Nici prea-prea, nici foarte-foarte. Avea însă nerv şi asta mi-a atras, totuşi, atenția suficient cât să-i accept propunerea lipsită de originalitate. O cafea. În oraş, nu la el, pentru că, aşa cum ziceam, nu mă impresionase chiar atât de mult. Am stabilit locul și ora, și-n privirea-i superficială, pe care mi-a aruncat-o în loc de la revedere, am simțit o vagă ironie. Mi-am dat seama însă repede că face parte din strategia lui. Te vreau, dar nu te vreau. Perfect. Ce nu știe el e că femeile duc războaie mult mai complicate decât cele de pe câmpurile de luptă, aproape exclusiv masculine.

Așadar, T nu urma să vină la o întâlnire, ci la o primă bătălie a unui război din care niciuna dintre părți nu părea clar că știa ce voia. Sau aşa mă amăgeam eu înainte să ies din casă. Ce naiba, parcă îmi tremura vocea...

Cafeaua a fost amară şi T la fel. Detectase interesul meu indecis. Mi se părea că șovăie şi asta m-a întărâtat... Da, o nouă tactică. Ne-am despărțit însă fără să-i dau senzația că aş vrea să-l revăd curând. Şi el mi-a urmat „regulile", așa că, timp de o lună, s-a făcut că mă „uită". Parcă retrăiam anii de liceu, deşi fix de asta nu aveam nici timp, nici disponibilitate. Mai ales că nu îmi dispăruse de tot tremurul acela uşor. Şi îngrijorător.

Până la urmă, m-a căutat iar. Și eu îi aveam telefonul, însă nu intra în calculele mele să-l sun. A intrat, totuși, să-i răspund. Cu intenții precise, să pot trece mai departe.

Când l-am revăzut însă, m-am răzgândit. Nu era suficient de arătos doar pentru o aventură. Dar începea să-mi placă prea mult să-l ascult. Să mă las cuprinsă pe după umeri şi să-l ţin lângă mine, în timp ce în jur lumea se cutremura sau îşi trăia, la rândul ei, dramele. Ce îmi păsa mie de ele? Dar T mi-a anticipat trăirile. Brusc, s-a răcit. Ne angrenaserăm într-un dans penibil în care fiecare pas înainte al unuia dintre noi era urmat de un pas în spate al partenerului. Şi tot aşa. Cum spuneam, ca în tinereţe. Iar mie nu-mi plac deja-vu-urile. Nu văd sensul clonării experienţelor deja trăite. E ca și cum aş îngheţa pe loc, singură, prizoniera propriilor himere moarte, în timp ce lumea sprintează.

M-am enervat şi, la a patra întâlnire (la, naiba, reţinusem şi câte fuseseră), l-am lăsat singur în restaurant, pretextând că mă duc la toaletă. Nici măcar nu m-am obosit să inventez ceva mai plauzibil. Nu merita. Ducă-se!

Şi s-a dus. Încă o săptămână. După care ne-am întâlnit „întâmplător" şi zău că nu ştiu care dintre noi era nevinovatul. M-am făcut că nu-l văd. A rezistat un timp, apoi s-a decis, căci a venit direct spre mine, cu pas hotărât, m-a luat de braţ şi m-a scos pe sus dintre oameni. M-a ridicat până la el şi m-a privit în ochi, încurcând replicile în minte. I-am răspuns băţoasă privirii. De aceea, capitularea lui m-a zguduit:

– Dacă nu facem sex mai repede, mă îndrăgostesc de tine!

Ha, nu știam dacă să mă enervez pentru brutalitatea cu care dorința i-a scăpat din izmene (sau poate că din inimă?) sau să jubilez pentru mica (și evidenta) mea victorie.

Am plecat și atunci, dar doar pentru că reușise să mă pună pe gânduri. Și nu m-a mai interesat dacă sună el sau o fac eu, până când nu mi-am limpezit eu sufletul. Știam în ce nu voiam să mă bag, știam ce nu voiam. Însă nu eram foarte sigură de ce aș fi vrut. Iar el nu părea să mă ajute deloc. Mi-ar fi plăcut atunci să-i pot spune toate astea, să-i ridic măcar puțin vălul unuia dintre mistere... însă nu a mai fost nevoie, pentru că, la câteva zile de la întâmplarea de mai sus, i-am trimis mesajul pe care, mai mult ca sigur, că-l aștepta. „Poți să vii. Fără întrebări."

Așa a intrat T în viața mea. O aventură insolită, o relație - oricât de mult detest eu ideea, dar chiar este o relație - care evoluează într-o direcție necunoscută.

***

T știe să mă rețină. T mă stârnește, dialogurile cu el sunt palpabile, au substanță și mă țin în loc precum o ancoră suficient de puternică, cât să nu permită unui vapor să cedeze seducției valurilor. T știe să stârnească o femeie folosind doar cuvinte, priviri, gesturi aparent inocente, intenții dezvăluite până la jumătate și făcute tot pe jumătate. T te atrage, te respinge și apoi te atrage iar, deși vede că asta nu are efect. Dar nu se poate abține. Și asta îi completează charisma. T se numără printre puținii cei ce au reușit vreodată să îmi zdruncine baza construcției și pentru asta primește o porție dublă de atenție. T știe cât și cum se privește o femeie. Când trebuie luată de mână, când trebuie mângâiată și când trebuie să-i aducă flori. E, în majoritatea timpului, cu jumătate de pas înainte și asta se simte în detalii. Cele care fac ritmul. Cele care definesc întregul. Sarea și piperul.

***

Scrisoare către N.

„Eram tineri. Doamne, atât de tineri, că amintirile mi se amestecă cu crâmpeie de vise și-mi romanțează poetic trecutul. Totuși, povestea noastră a scăpat, cumva, întreagă de rotițele neiertătoare ale anilor. De aceea am reușit să-i păstrez și clipele frumoase și pe cele veninoase. Intacte. Par a fi călătorit în timp, proaspăt culese din pomul realității chiar acum, în secunda în care ți le povestesc...

Mai ții minte?, ne certasem. Aproape doi ani se așezaseră greu, dureros, între noi. Eu i-am dus ca pe cea mai grea povară a vieții mele... Știu, ți-am spus-o de prea multe ori, ți-o mai spun și acum încă o dată, de parcă ar fi prima...

Ajunsesem să invidiez până și pământul pe care călcai, doar și el îți era mai aproape decât mine. Te urmăream mereu de la distanță, frământându-mă cum să reînnod, după atâta timp, măcar firul unei - să-i spunem - prietenii, care să-mi fi dăruit momente neutre lângă tine. Doar să-mi vorbești iar, doar să mă privești iar. Chiar și dacă nu ai fi fost singur, chiar dacă la brațul tău ar fi atârnat una dintre multele femei care ți-au trecut prin mână și prin...

Mă simțeam ca un dependent aflat în sevraj, așa că nu ar mai fi contat, până la urmă, nimic... trebuia să-mi iau doza de drog, trebuia să te simt și să te respir iar.

Cât am frământat - steril, știam - toate aceste gânduri! Și totuși, în seara aceea, nu am premeditat gestul, dar văzându-te singur, brusc, animată de un curaj care-mi lichefiase sufletul și mi-l gonea turbat prin capilarele prea strâmte, m-am apropiat... Pașii m-au purtat firesc spre tine, totul îmi părea atât de simplu... ca parte dintr-un plan bun, generos, pe care universul, până la urmă, se îndurase să mi-l ofere în dar.

M-ai văzut, mi-ai zâmbit. Mă întrebam, privindu-te, cum am supraviețuit acelor doi ani. Cum nu am murit în fiecare seară în care adormeam în lacrimi, sleită de dorul tău... dar atunci vocea nu mi-a tremurat și inima nu mi-a bătut strâmb. În fond, eram, în sfârșit, la locul meu...

Ții minte discuția tâmpă? Cele câteva cuvinte schimbate pe un ton de o ironie crudă – din partea ta – și o umilință netrucată – din partea unei prea tinere eu? Ți-aduci aminte când mi-ai spus senin, precum într-un film prost cu siropos happy-end, că îți aștepți... iubita??

Replica ta m-a izbit cu o violență neașteptat de mare, peste față. Am simțit, imperios, nevoia să mă prăbușesc acolo, iar pământul să se caște și să mă primească îngăduitor. Am simțit că leșin pe dinăuntru, însă tinerețea mea strașnică m-a ținut țeapănă, în picioare.

Ții minte că, în timp ce mă căutam în universul sfărâmat de cuvintele tale, spunându-ți dărâmată că trebuie să plec, ai avut cruzimea să mă întrebi limpede și senin dacă nu mai rămân „între timp"?

„Între timp", N, între timp se cerea consumată iubirea mea, după doi ani de dor și tortură? Doi ani în care eu nu am trăit? Doi ani pe care nici azi nu mi-i pot socoti când spun ce vârstă am?

Mai ții minte, N, cum mie mi-era dor de tine inclusiv când, nu la mult timp după acest episod rușinos despre care până acum nu am putut vorbi nici măcar cu tine, soarta s-a îndurat să mă aducă iar în brațele tale?, iar tu râdeai, neînțelegând cum se poate una ca asta?

N, sper – pentru lumina sufletului tău - ca până azi una dintre femeile tale să te fi făcut să înțelegi..."

***

Azi am aruncat toate scrisorile de la N și am început să le uit pe cele pe care i le-am trimis vreodată.

N, blestem și binecuvântare. Cea mai adâncă greșeală a vieții mele, cea mai importantă lecție. Maestru și violator de spirite. Datorită lui N sunt cine sunt azi. Din cauza lui N sunt cine sunt azi. Alfa și omega iubirilor mele, e timpul nu numai să te dărâm de pe soclu, ci să dărâm și soclul cu totul... E timpul să ne luăm, în sfârșit, adio. E timpul să te exorcizez, demon turbat, înger căzut, minune întrupată. Călăul meu, sufletul meu pereche. Tu, cel înainte de cinism, tu, izvor al cinismului în ființa mea. Tu m-ai cunoscut slabă și inocentă și m-ai mânjit cu însemnele tale infecte, tu m-ai cunoscut bună, blândă, încrezătoare și mi-ai amputat aripile pe viu, fără anestezie. Tu, om cu două fețe, m-ai hrănit cu iluzii, ridicându-mă între nori pentru a-mi da apoi brânci, cu sete. Mi-ai urmărit zâmbind traiectoria turbată și ai savurat, până la fund, descompunerea pe care impactul cu solul mi-a provocat-o.

Tu, fiară, m-ai distrus. Am fost oarbă și surdă, am fost oloagă și ciungă, am fost mută și alienată, am fost în vizită prin iad și nici azi nu știu cum am reușit să nu rămân acolo, să te aştept. Tu m-ai descompus cu minuțiozitate și mi-ai sfărâmat fiecare bucățică, lăsându-mă împrăştiată, să adun eu, să mă recompun eu dacă și cum știu. Și mult timp nu am știut. Am alergat după tine, flămândă, însetată, ruptă, desculță, te-am implorat în genunchi să mă primești înapoi, să mă lași să-ți dorm la picioare, precum un câine. Mi-ai dat cu șutul și eu m-am întors docilă, căindu-mă pentru vina de a fi respirat nebună în preajma ta. M-ai alungat și nu am plecat, m-ai torturat și ți-am mulțumit. M-ai amenințat și eu am stat.

Și te-am iubit.
De fiecare dată, ca și când ar fi fost prima și ultima oară.

Până când iubirea ta mi-a ajuns la os, mi l-a sfredelit înciudată, trecând dincolo de el și continuând să facă ravagii în carne. Structura mea internă a rămas suspendată de o rețea de nervi isterici, sensibili doar la atingerea ta.

Ce ai făcut cu mine?

Ce ai făcut din mine?

Azi suferi? Azi ești un om distrus? Azi mă cauți orbecăind prin întunericul minții tale? N, spune, azi regreți? N, spune, azi ești complet, asumându-ți iubirea și ura pe care le-am trăit? Spune, N, suferi? Aș vrea să-ți pot spune că-mi pare rău, dar nu-ți pot spune decât că...

Azi ai murit, N.

***

Aceasta a fost cealaltă viață a mea. Cea care, desigur, s-a calcinat. Nu sunt nicio pasăre Phoenix, însă din resturi, sânge și cenușă, orice ființă umană poate renaște. Eu nu am renăscut. Eu am creat o altă femeie. Una care-și poartă cicatricile la vedere pentru că datorită (da, datorită!) lor este cine este azi. Una pentru care viața s-a domesticit curios de mult și căreia nu-i rămâne decât să întindă mâna și să ia. Nu a mai rămas nimic din cea care a trăit o parte din viață în clocot și flăcări. Îmi place să cred că acea femeie a ars așa.

Eu nu sunt ea.

Eu nu *mai* sunt ea.

***

Totul este volatil pentru că totul este în continuă transformare. Chiar dacă noi nu o vedem, schimbarea își arată colții exact când ai mai multă nevoie de stabilitate. Ce ne imaginăm noi că este stabil, fix, punct de referință, nu este decât o stare prin care trece acel ceva. Una dintre ipostaze. În orice secundă, ea se poate schimba. În orice secundă, ea se va schimba și odată cu asta s-a spulberat stabilitatea noastră. Senzația noastră de stabilitate, mai bine spus.

Totul este volatil. Uneori, inclusiv în ce cred azi, uneori, inclusiv cine sunt azi.

***

Ferește-te de femeia care te-a iertat de prea multe ori!

***

Nu trebuie să-ți fie rușine de gândurile, fanteziile și visele tale. Un vis erotic împlinește într-o realitate virtuală proprie o poftă ascunsă, reprimată, chinuită. În plus, o împlinește în cel mai desăvârșit secret!

Sărutul acela... I-am prins buza de sus între buzele mele și sălbatică i-am supt limba, fără să mă pot opri. Brațele lui mă încolăceau tot mai mult, păreau că se vor răsuci la infinit în jurul trupului meu frânt de dorință. Îl sărutam cu patos. Imaginea sa născută din tulburările imaginației mele reușise să-mi apară clară, completă. Ochi, păr, buze, totul era senzual, prea senzual. Totul părea real, prea real...

L-am sărutat în afara timpului. Și, deși nu am făcut sex, a fost cel mai erotic vis pe care l-am avut vreodată...

Îl rememorez des, pentru că nu vreau să-l pierd. Nu-i caut simbolistica, nu vreau să-l „înțeleg" sub nicio formă. Vreau doar să-l retrăiesc o dată și încă o dată, la aceeași intensitate a simțirii primului moment. Vreau să-i simt buzele de aer și vis cum se lipesc de ale mele. Vreau să transfer o imagine creată în creierul meu într-o realitate pe care simțurile mele s-o creadă. S-o trăiască, s-o valideze, să se înfrupte din ea, să-i epuizeze esența de neepuizat.

Cel din visul meu nu era T. Și nici măcar N. Și niciunul din restul bărbaților care mi-au defilat prin viață ca pe un catwalk al virilității. Da, al virilității, al masculinității, în niciun caz al afectivității. Cel din visul meu era o plăsmuire de dor. Periculos dincolo de vis, însă hrănitor în interiorul său. Pe cât de mult mă feresc să alunec iar pe panta înșelătoare a înflăcărării scăpate de sub control, pe atât de dulce îmi pare acest abandon căruia mă predau întreagă în singura lume sigură pe care o cunosc. Cea din mintea mea. Cea din visul meu. Vi se pare greșit? Nu, nici măcar nu a fost un vis lucid în care să devin, pentru câteva secunde, un demiurg conștient. Nu, a fost un vis pe care datorită inocenței sale l-am putut savura ca pe o bucată de realitate. Veridic. Solid. Puternic. Sărutul pe care l-aș fi vrut etern. Sărutul pe care încă îl mai caut, la care încă mai năzuiesc.

***

T mă cheamă și mă gonește. Mă ațâță și mă stinge.

Nu vreau să te iubesc!

Nici nu o voi face. Însă nu pot să nu văd că dincolo de voința mea se țese ceva. Azi l-am asemuit preț de o nanosecundă cu cel din vis. Cât de îngrijorător poate fi asta? Cât de promițător poate fi asta?

***

T mă poartă de mână prin grădina botanică. E primăvară și copacii dorm indiferenți că T mă sărută sub creanga lor. Nu vedem nimic. Nimic nu este de văzut, și, de-ar fi, tot nu am vedea. Înlănțuirea noastră transcende decorul. Lumea rămâne fundalul poveștii noastre. T a reușit să-l ucidă definitiv pe N. Nu mai sunt naiva de altădată să înlocuiesc o durere cu o alta, o iubire cu o alta, însă nici atât de ipocrită cu mine însămi, cât să nu recunosc că T mă va răscoli profund, fix atunci când eram sigură că așa ceva nu se va mai întâmpla în veci. Însă o va face cu acordul meu conștient, iar asta va atenua zbuciumul care, indiferent de cauze, va veni cu siguranță.

De la N încoace, m-am ferit să iubesc iar. Continui să afirm că nu o voi mai face, însă... De fapt, planurile noastre nu sunt decât frunze uscate duse încolo si-n coace de destin. Dar ne simțim bine făcându-ni-le. Ne creăm senzația de siguranță și stabilitate. Planul meu în legătură cu T este să fug fără să mă uit în urmă. Alegerea mea în legătură cu T este să-l sărut fără timp, mușcându-i sălbatic buza de sus și sugându-i limba, ca pecete a unei contopiri pe care nici cea mai intensă noapte de dragoste nu o poate face.

Atunci când prefer să te sărut și nu să facem sex, să știi că mă îndrăgostesc de tine!

***

Înainte, nu o dată, am vrut să renunț. Cum am ajuns aici, nu știu. Poate că am luptat, poate că mi-am dorit, poate că am meritat. O decizie de acest fel ar fi una pripită și în desăvârșită necunoștință de cauză, însă asta nu o face mai puțin tentantă!

Am cunoscut și eu ademenirea neantului, ca mulți dintre oamenii din jurul nostru. Însă nu avem de unde ști asta, pentru că lucrurile acestea se tac, se dosesc în fundul pământului și se acoperă cu zâmbete forțate. Sunt ascunse, ca și când ar fi cea mai mare rușine, vina primordială, păcatul de neiertat. Si sunt voci care afirmă că, într-adevăr, așa și este... dar cât de mult se înșală. Suferim cronic de ademenirea neantului, iar în momentele mele de criză - nu puține - am îndrăznit și eu să vreau. Să vreau și să nu pot. Iar asta nu mă face cu nimic mai bună decât N sau decât zecile de mii de oameni care, la rândul lor, vor și nu pot. Sau decât cei care au vrut și au putut...

Pe mine, neputința m-a salvat de la un gest steril.

M-am construit din eșecuri, vicii și dureri.

***

Am descoperit devreme esența și sensul. Le-am îmbrățișat fără ezitare. Nu aveam nimic de pierdut. Am știut că iubirea este singurul adevăr, singura realitate care contează. În marea noastră de îndoieli, frici, aroganță și alte nenumărate sentimente mici sau meschine, iubirea este singura certitudine. Iar restul mi s-a cojit sub ochi ca o vopsea veche, inutilă, în spatele căreia cineva a ascuns comoara. Unica. Singura. Am știut asta atunci și am fost gata să mă lepăd de tot pentru iubire. Nimic altceva nu mai conta. Nu aveam chef să mai trăiesc sau să mai experimentez nimic în afara iubirii. Pentru că restul era bruiaj, deșeu, ratare. Dar... dar viața nu mi-a permis să câștig fără să joc, fără să risc. Nu mi-a permis să-i dau șah-mat din prima mutare. Așa că mi-a luat tot și m-a aruncat în lume. În lumea aia inutilă de care eu nu aveam nevoie. M-a smuls din brațele lui N și m-a pierdut. Și m-am pierdut. Și am înfruntat totul, și m-am ridicat, și am căzut iar, și m-am ridicat din nou, până când nu a mai fost posibil să cad.

Iar azi, după toate trăite, după toate simțite, după toate... cea care sunt azi, coaptă, întreagă, diferită, despuiată de inocență, ei, bine, această femeie a ajuns la o singură concluzie. La concluzia fetiței neștiutoare de altădată. Căci singurul adevăr, singura certitudine, singura realitate care contează este iubirea.

Acea iubire în care nu există orgoliu, ci dăruire. Acea iubire în care cine nu înțelege asta nu iubește. Acea iubire de care eu fug legată la ochi. Acea iubire de care azi continui să fug, bătând pasul pe loc, însă...

***

Oricât ar fi fost de ticălos, trecutul ne aparține. Nu dispare, nu se dizolvă, nu se transformă, ci ne urmărește precum o umbră... O umbră pe care poți alege să calci zilnic sau cu prezența căreia te poți lăuda în soare. Tu alegi.

Umbrele dau relief oricărei imagini. Alternanța lor cu lumina te îmbracă și te dezbracă, îți creează măști și, în același timp, ți le spulberă.

Dar... să fugi de femeia care are atâtea măști, încât niciodată nu știi care îi este adevăratul chip. Ți-o spune una dintre ele!

Cu T însă am renunțat (temporar, provizoriu?) la măști. Cumva, au căzut singure, deșarte. T mă ține noaptea în brațe. T știe să-mi dezmierde numele atunci când îl pronunță. T face lucrurile mici să pară importante. T mă trage cu sine înapoi, către cea care eram la începutul lumilor. Mă hrănește cu doze homeopatice de inocență pierdută și poate tocmai de aceea au un efect atât de puternic. Cu T nu pot face sex. Cu el totul este învăluit în tandrețe, cu el dragostea se face și desface din priviri, din atingeri, din suprapuneri. Am momente în care, din nou, nu mă mai recunosc...

***

T îmi propune să ne mutăm împreună. Lovitura răsună violent, mă scutură fără menajamente și mă izbește de caldarâmul realității, fentându-mi credința nou înfiripată. Brusc, degringoladă în paradis...

De când m-am transformat oare într-o femeie de casă?

Nu ți-am cerut vreodată să renunți la tine, nu mi-o cere nici tu! Și nici nu-mi spune că tu ai fi dispus s-o faci, căci nu mă interesează.

M-am trezit, neașteptat, din transă. Cine *mai* sunt eu? O iubire care te frământă, pe nesimțite, blând, poate degenera prea ușor într-o iubire bolnavă, obsesivă. Transformările de personalitate și caracter în iubire sunt minunate, până când devin periculoase. Căci au cele mai mari șanse să devină așa. Nici nu mai știu dacă îl iubesc pe T sau dacă mă învață cum să devin dependentă de el. T a început să joace murdar, deși oricine ar putea jura contrariul. Oricine, mai puțin eu. Joacă subtil, lin, fin, rafinat, ispititor și adormitor și tocmai de aceea - grotesc.

Parcă am zăcut și acum sunt buimacă, trezită dintr-un coșmar cu aparență feerică.

Îl refuz și, subit, totul o ia razna. Privirile îi scapără, mâinile îi tremură. Nu zice nimic, dar o lume se prăbușește între noi. Lumea aceea falsă pe care el a creat-o minuțios pentru mine din aparențe perfecte. Da, m-am lăsat amăgită, chiar l-am primit în locul meu sfânt...

Și acum, când toată butaforia a ars și cărțile sunt date pe față, mă surprinde și pe mine că... nu sufăr! Doar m-am dezbrăcat treptat, discret, dar real, de prea multe văluri. T este exemplul de bărbat care atunci când ajunge acolo unde nici nu a îndrăznit să viseze, se evaporă. Dispare. Se contopește cu mirajul „victoriei" și tot ce a fost vreodată devine fum...

T este o experiență inedită. Îmi pare un exponat exotic în panoplia vieții mele zbuciumate. Unul asupra căruia mă aplec cu un dram de curiozitate în plus în loc să-l înfig în ace - ca pe majoritatea - și să-mi văd mai departe de viață. T a ocupat prea mult loc în fanteziile mele. Poate că, inconștient, l-am crezut și am visat același vis cu el, dar, gata!, farsa s-a terminat. Actorii au obosit, spectatorii nu au aplaudat, nimeni nu cere vreun bis, iar reprezentațiile de mâine și dintotdeauna de acum încolo se anulează.

***

T nu acceptă decizia mea. Nu o înțelege. Ceea ce pentru el era pasul firesc înainte, pentru mine e pasul firesc înapoi. Nu-și dă seama nici măcar acum că nu ne-am privit direct, ci prin intermediul unor prea multe și înșelătoare oglinzi. Nu-și dă seama că nu este „vina" nimănui, că am tras mult, repede, brownian de ceea ce ne lega și - previzibil sau nu - s-a rupt.

T nu acceptă decizia mea. Nu o înțelege.

Nici nu i-am cerut asta. Vrea să lupte pentru „noi”. Nu mai e niciun noi, dragă T. Cum mă așteptam, recurge la noi strategii. Cusute cu ață albă. Îmi trimite un mesager. Un intermediar care să „stea de vorbă cu mine” și să... să nu știu ce, de fapt. Cum poate crede el că o terță persoană, străină de noi și ce s-a întâmplat între noi poate da timpul înapoi, în acel punct în care am putea alege un drum diferit pentru o destinație diferită? Și, presupunând prin absurd că această persoană ar reuși un miracol, oare T nu înțelege că noi, indiferent pe ce drum am fi apucat-o împreună, tot aici am fi ajuns, chiar dacă am fi făcut un ocol de ani și ani de zile? Probabil că nu, căci altfel nu o mai trimitea pe Eva.

***

Eva. Nerv. Piele netedă, uşor măslinie, precum o pâine coaptă. Invitație să muști. Luate în parte, trăsăturile ei - anonime, indiferente. Împreună - o alcătuire de la care nu-ți poți lua ochii și intențiile. Armonie. Modul în care gura-i modelează cuvintele înainte de a le expulza este exagerat de senzual. Nu știu dacă le iubește sau le devorează... Dacă o privești în timp ce vorbește, ești pierdut.

Eva e cu zece ani mai mică decât mine, dar la fel de hârșâită de viață. Nu îți dai seama la prima vedere. Și nici la multe altele ulterioare. Eu însă am intuit-o, am simțit-o. Și ea pe mine. Așa că T nici măcar nu a fost adus în discuție. Amândouă știam de ce ne-am întâlnit, știam ce avea să-mi spună ea și ce aveam eu să răspund. Așa că, să schimbăm cuvinte despre asta ar fi fost redundant. Am fi pierdut din timpul pe care ni l-am dedicat privindu-ne, cercetându-ne, admirându-ne, adulmecându-ne. Nu pot să spun că-mi plac femeile, niciodată nu m-au chemat cu nurii lor. Nu mă atrag secretele dezvăluite, deși aprofundarea înseamnă să treci de tentația necunoscutului, de aparențe cu potențial fantastic (în capul nostru, desigur), de mistere și năluci pe baza cărora ne clădim așteptări de cele mai multe ori false, găunoase...

Dar Eva nu este doar femeie. Un suflet, în parte pierdut, precum al meu, părem două fructe căzute de pe aceeași creangă și care se ating în iarbă, în semn de completă și nesperată reîntâlnire și, în același timp, într-un dureros rămas-bun, căci putrezirea lor a și început deja. Eva m-a ținut de mână și m-a citit pe îndelete, cu răbdare de mamă, curiozitate de fecioară și interes de curtezană... Mâna ei moale, fragedă, transparentă, mână de femeie ce-și găsește pentru prima dată cuib în palma mea. Atingere castă în spatele căreia simt cum colcăie porniri indecente. Eva nu-mi spune nimic despre ea sau viața ei și nici eu nu o fac. În schimb, îmi pot imagina, îi pot croi eu o viață pe măsura nevoii mele de a o potrivi cu ce a stârnit în mine.

Dialogul e sărac, verbalizăm cu dificultate. Atât cât să stabilim să ne revedem. Nu știu însă în ce formulă. Ce suntem noi, până la urmă, una pentru alta? Două străine care nu înțeleg mecanismul ce le împinge în hăul pe care cealaltă îl poartă în sine. Prea complicat. Îmi propun să nu mă duc. Dar nu pot să n-o fac.

***

Eva mă așteaptă la ea. Locuiește într-o căsuță discretă, într-un cartier mărginaș și liniștit. Un rai inocent de culori și sunete calme. Aici pare greu să te enervezi, aici pare imposibil să suferi. Zâmbetul Evei îmi confirmă prima impresie. Mă așteaptă într-o rochie scurtă, de care trage încontinuu. A prins scânteia din ochiul meu și înțeleg că o citește ca pe un avans tipic masculin, astfel că răspunde instinctiv. Căci Eva nu mai este de mult fata timidă pentru care pulpele coapte lăsate la vedere să reprezinte motiv de îmbujorare. Și totuși... ne îmbujorăm amândouă. Îmi dau seama că și pentru ea este tot o primă dată. Atunci când crezi că le-ai văzut și le-ai trăit pe toate, viața încă mai are rezerve, încă mai are ași în mânecă, cu mult mai mulți decât într-un joc corect, cu care să te deturneze de la traiectoria pe care ți-o închipuiai victorioasă.

Mă ia iar de mână, îmi ia geanta și-mi face semn să mă descalț. Nu intri în niciun paradis, indiferent de natura sa, încălțat. Chiar dacă e vorba de sandale roșii, cu toc amenințător de lung, subțire și ascuțit. Precum un pumnal predestinat să semneze deznodământul unei cumplite povești de iubire și gelozie.

Apropierea ei îmi dă amețeli. Fizice, reale. Simt nevoia să mă întind, să mă odihnesc, să închid ochii, să-mi dau seama ce se întâmplă sau, dimpotrivă, să uit de lumea lăsată la ușa Evei.

Ne așezăm pe canapeaua din sufrageria albă, simplă, luminoasă. Detaliile decorului îmi intră singure în minte. Și e curios, căci până acum prea puțin m-a interesat locul în care mă aflam cu un bărbat. Acum, însă, locul acesta, casa ei, face partea din ea, este o prelungire caldă a acestei ființe incitante. Încetez să mai văd în Eva o femeie. Văd o ființă de senzații, trăiri, unduiri și erotism care reușește să mă atragă uimitor de repede în universul ei. Dacă bărbaților le fac față chiar și când picioarele mele sunt deschise la 180 de grade, căci emoțiile pe care mi le stârnesc mă răvășesc adânc, dar efemer, Evei îi sunt docilă, uimită, speriată, curioasă, întărâtată și ușor tristă...

Eva aduce vin roșu, dens, grețos de dulce. Știe ce-mi place și nu mă miră și sunt sigură că nu de la T. Bem, însetate. Văduvim clondirul de conținutul său vâscos și viclean. Intuim amândouă ce tranșee avea să ne sape sub tâmple, sub sâni și sub pântec vinul. Și muzica pe care am sesizat-o doar la un moment dat, și distanța tot mai mică dintre noi. Știu că vorbim, însă cu vocabule străine, ale căror sensuri le pierd imediat ce le-am rostit pentru ca, de fapt, nici măcar să nu mai aibă vreunul.

Mi-e frică de ce ar putea urma, dar nu am putere să mă împotrivesc. Sunt emoționată, așa cum nu-mi imaginam vreodată că voi fi în fața vreunei femei. Eva simte. Eva știe. Mă trage spre ea brusc și îmi dă să beau vinul ei. Din gura ei plină și însângerată de licoarea blestemată care ne-a topit și mințile, și voința, descătușând demonii. Din gura ei, vinul este mult mai acidulat, mai răcoros, mai păcătos. De parcă mie mi-ar păsa de păcate.

Libertatea de a păcătui nu ți-o poate...

Ne sărutăm cu patimă. Totul e diferit. Cu ea, sunt virgină. Buzele-i moi, par fără consistență, dar cu atât mai mult vreau să i le cuprind, să le simt, să i le aspir prelung. Îmbrățișarea e strânsă și patru sâni se strivesc unii de alții, prin țesăturile prea subțiri pentru năvala noastră. Dar nu pot s-o mângâi, mă simt blocată în contopirea fluidelor și mâinile mele nu mai știu ce să facă. Nici ea nu mă explorează, căci trupurile noastre nu urmează drumul atât de cunoscut al încleștării cu un bărbat. Ne sărutăm până la delir și extenuare, apoi sorbim lacome și dezmățate și ultima picătură de vin. Sânii Evei - mici, neverosimili - scapă prin decolteul larg al rochiei și se oferă privirii mele. Am mai văzut sâni de femeie, și nu mă refer la ai mei, însă niciodată aceștia nu au avut pentru mine încărcătură erotică. Iar acum, sânii aceștia de copilă - căci acum amândouă suntem niște copile rele, nărăvașe, nedisciplinate și excitate - urlă să-i sărut. Și o fac, lent, amplu, complet, îndelungat, punând cap la cap senzațiile trăite deja cu cele dorite.

Am ajuns prea departe... deși de câteva ori gândul să mă opresc mă împunge ascuțit, să las experiența asta până aici, să nu duc nimic mai încolo - și nu că aș regreta cumva, ci, din teama că poate aș descoperi cât de mult ar putea să îmi placă, iar asta ar fi o slăbiciune care m-ar putea controla - nu-i dau nici cea mai mică importanță. Îl alung indiferentă, așa cum aș face-o cu orice bărbat impotent, dar prepotent, care mi-ar tăia calea.

Am ajuns prea departe și de aici nu mai este drum de întoarcere. Sexul cu o femeie este infinit mai suav, mai sălbatic, mai indecent, mai pervers. Ne inițiem reciproc în jocuri erotice pe loc inventate, pe care le gustăm nerușinate și aproape bete. Intimitatea cu o femeie este când senină, firească, sigură, când dementă, mult mai provocatoare și mai greu de abandonat.

***

Am rămas peste noapte la Eva. Am adormit târziu, în apropierea zorilor, epuizate, extaziate, sătule de mărinimia lui Eros, chiar dacă între noi nu a fost nicio clipă vreun penis. Nici măcar unul de... plastic. Ne trezim îmbrățișate, goale și umede și facem iar dragoste frenetic, nelăsând nicio porțiune de piele nesărutată, nelinsă, neexplorată, neepuizată.

Nu ne gândim la nimic. După prânz, foamea ne obligă să redevenim ea și eu, la verticală. Urăsc nevoia de a mânca. Aș putea trăi foarte bine doar cu iubire, dar corpul se revoltă și-și cere hapsân drepturile.

Trăiesc cu senzația că o cunosc de-o veșnicie, ca și când ar fi făcut cândva, demult, parte din sufletul și din carnea mea și cumva mi-a fost amputată. Nu simt că mă îndrăgostesc, ci că mă regăsesc. Nu vorbim despre asta, dar nici ea nu are cum simți altceva.

O privesc în lumina crudă a zilei. Este frumoasă. Am o revelație. Simt că o privesc cu ochi de bărbat. O simt frumoasă și asta mă tulbură. O admir ca pe o delicată creație menită să emoționeze. Definiția operei de artă în carne și oase. Se mișcă liber sub privirile mele uimite. Este cât se poate de reală. Îmi vine să plâng... pur și simplu, momentul este prea plin. Mă vede și zâmbește. Întind mâna văduvită de gestul ei - pe care deja îl ador. Mi-o cuprinde. Se anunță o zi cât o viață.

***

Seara mergem să ne facem câte un tatuaj. Nu mai știu căreia dintre noi i-a venit ideea – nici nu contează. Ne tatuăm una numele celeilalte în locuri secrete de pe corpul nostru, accesibile doar într-o intimitate desăvârșită. Numai așa putem să ne separăm, numai așa, purtând-o în mine, pe mine, pot să mă desprind iar și să mă întorc acolo unde până de curând era acasă.

Dar am nevoie de o pauză. O pauză de mine, de rutina vieții mele, de oameni, de tot... inclusiv de ea, acum că m-am întors între coordonatele existenței mele. Îmi dau seama că nu aș putea s-o aduc niciodată aici. Ar fi ca și când aș culca-o cu N, iar eu pe Eva nu pot s-o împart.

Nu am stabilit nimic. Amândouă avem nevoie să ne lingem rănile pe care întâlnirea noastră le-a redeschis. Iar nu mă simt eu, iar înțeleg că eșafodajul ființei mele de azi - atât de minuțios construită - se clatină, iar vreau să fug, așa cum am făcut-o ori de câte ori mi s-a părut că aș simți asta cu un bărbat. Acum, orice am avut vreodată de împărtășit cu unul mi se pare derizoriu, subțire, fără consistență. Însă, în același timp, știu că Eva este singura femeie căreia i-am permis sau îi voi mai permite vreodată să-mi intre în carne și-n sânge.

***

Mă sună T. Eva nu i-a spus, nu l-a mințit cu nimic. A preferat tăcerea. Nu văd de ce aș face altfel. Mă uit lung la telefonul care se zbate, vibrând. Aștept calmă să se încheie apelul, apoi blochez numărul. Mă poate suna de pe alt număr, dar nu contează. Va ști că l-am blocat și asta îi va fi suficient să înțeleagă. Bărbații răspund mai bine la umilințe decât la cuvinte, rugăminți, lacrimi.

Ce ciudat... Pe T am crezut că-l iubesc - o vreme cel puțin - când, de fapt, misiunea lui în viața mea a fost doar să mi-o aducă pe Eva. Nu o dată cunoaștem oameni al căror rost nu-l înțelegem pentru că îl căutăm în ei înșiși, dar, de multe ori, acesta este în afara lor. În ceva ce fac, în ceva ce ne oferă. Oricât ar suna de meschin, adevărul nu ține cont de cum îl percepem noi, ci are drumul lui, neabătut, indiferent de cum ne raportăm noi la el. Oricât ar suna de meschin, rolul multor oameni în viața noastră este acela de a ne îndrepta atenția către... altcineva. Oricât ar suna de meschin, adevărul este că mulți dintre oamenii pe care îi întâlnim nu sunt decât umile unelte ale destinului. Ale unui destin care, ironic, se împlinește fără să-i includă. Doar îi folosește. Așa cum face o femeie ca mine cu unii bărbați. Cu majoritatea.

***

Viața continuă, aparent la fel. Dar eu știu că nu este așa. Acum o am pe Eva. Ne vedem rar, doar atunci când cel puțin una dintre noi e stoarsă de suflu și are nevoie să se întoarcă la matcă, să se regenereze.

Între timp, Eva și-a găsit pe cineva. Un bărbat, desigur. Nu vorbim despre bărbații din viețile noastre. Nu au loc între noi. De fapt, nici nu contează. Nu a contat nici atunci când, printr-o potrivire a întâmplării, ulterior controlată voit, una dintre cuceririle ei mi-a tăiat calea. Un bărbat inteligent, cult, rasat precum un cal pur sânge, pe lângă care nu poți trece nepăsătoare. Cu o conversație absolut delicioasă, cunoștințe enciclopedice expuse cu falsă smerenie și pigmentate cu un gram de picanterie. Și afemeiat. Ne-am culcat amândouă cu el, pe rând, și am înțeles de ce investește atât de mult în preludiul intelectual. I-am înțeles logica și i-am apreciat-o. Încă mai ieșim împreună, întotdeauna în trei, fără tresăriri sexuale deja potolite. Și asta este fantastic. El nu știe, totuși, nimic despre mine și Eva, nici nu bănuiește, însă faptul că uneori ne confundă - deși noi, fizic, suntem complementare și nu identice - ne confirmă ceea ce știm deja.

Eva - flacără și vânt...

***

Viața mea este o carte disponibilă într-un unic exemplar... De aceea vă spun, atenție la falsuri!

***

Azi l-am văzut pe R. Cu o femeie. O ținea tandru de după umeri când nu levita în jurul dorințelor ei. Și l-am recunoscut. L-am simțit. Am știut. Ciudat. O lume așezată, fixă, incontestabilă a trecut printr-o eclipsă brutală, masivă. Schimbări imposibile - deși nu de durată, dar cât se poate de reale. Schimbări de percepție. Acea femeie a reușit în minutele în care, discret, i-am urmărit, să facă ceea ce R nu a reușit în anii în care el m-a urmărit pe mine: mi-a stârnit interesul.

Mi-am adus aminte de gesturi, senzații și întâmplări. De acea iubire inutilă cu care, cândva, nu știam ce să fac. Oare azi aș ști? Nu cred, iar îndoiala e tare vicleană. Ți se strecoară printre gânduri și zâmbete și aruncă umbre prelungi peste cetăți altădată singure. Urmează furtuni? Ai de gând să le aștepți? Nu eu.

I-am trimis un mesaj scurt. „Te caut". Știam că este suficient. Nu mi-a răspuns pe loc, deși am văzut că îl citise. Probabil că se frământa, probabil că asista neputincios la lupta dintre dorință și voință. Nu cred că mi-am pus vreodată problema dacă îmi (mai) este fidel. Sau dacă mi-a fost. Deși sunt convinsă că mi-a fost. Deși nu mi-a păsat niciodată. De ce mi-ar păsa acum?

Simte că este numai o amăgire. Una nouă... Însă el pornește cu un avantaj. Și nu se îndură să renunțe la el, răspunzând la mesaj. Probabil că are nevoie de timp să elaboreze un plan de atac. Sau, mă rog, ce crede el că ar putea fi „un plan de atac". Evident că acesta se va dezintegra complet la primul nostru contact. Dar ce frumoasă este iluzia controlului! A puterii... Înarmat cu un plan, se poate crede un învingător. Efemer, dar contează enorm ca măcar o singură dată în viață, chiar și pentru câteva secunde, să crezi că ai câștigat.

De ce relațiile dintre femei și bărbați sunt bazate pe învingători și învinși? Cum, de ce? Pentru că avem scrijelit în ADN necesitatea competiției care, în loc să dispară când vine vorba de un posibil cuplu, dimpotrivă, crește, se umflă, explodează. Cu inima frântă, dar „victorios" în această competiție monstruoasă, omul se simte „câștigat". Poate trece mai departe. Poate trece această ratare pe lista victoriilor sale. Stupid și inutil, dar cât se poate de real. Iar R are acum șansa să facă asta. Mi-a spus cândva, atunci când l-am rugat să plece din calea mea, pentru că eu nu-l țin, așa cum nu am ținut pe nimeni, *„Ba chiar tu mă ții. Dacă mi te-ai fi aruncat măcar o dată în brațe, aș fi putut pleca oricând, cu sufletul împăcat. Dar așa..."* Iată, acum *„l-am chemat"*. Nerăspunzând, își calcă pe inimă, dar câștigă nu doar o bătălie, ci un război în care s-a înrolat de prea mult timp. Împotriva lui însuși. Dacă nu răspunde, pot trece acest moment pe scurta mea listă (prea scurtă în ultimul timp) a faptelor bune.

***

„Iartă-mă că nu ți-am răspuns ieri, dar am avut nevoie măcar de o zi. O singură zi... tu știi..."

Normal că știam. Scriindu-mi asta a doua zi, a încercat să facă imposibilul. Să-și aibă și „victoria" și șansa de a reînnoda ceva. Dacă între timp mi-am dat seama că îl iubesc? Cum pot, oare, oamenii să se autoamăgească atât de mult? Când ești fără de speranță îndrăgostit, ești gata să crezi și cea mai stupidă sau infantilă minciună, doar ca să ai iluzia - nici nu contează pentru cât timp - că nu este totul pierdut. Ești în stare să storci apă din piatră doar pentru a demonstra că nu e utopic ca subiectul iubirii tale bolnave să-și schimbe radical simțămintele și, ca lovit de demență, să înceapă să te iubească cu o pasiune devoratoare. Cum pot fi atât de tâmpiți oamenii? Cum poate, totuși, dragostea să-i zdruncine atât de tare încât să devină niște cârpe moi în brațele sale aproape diabolice?

R reușise doar o amărâtă de zi să se bucure de puterea sa, de iluzia împlinirii și a acestei amăgiri sinistre cum că eu... îl căutam, dar asta nu însemna mai mult decât ceea ce era. Pentru el, însă, luase în 24 de ore proporții monumentale. Mi-am dat seama că trufia mea a fost prea mare, că nu era cazul să verific ceea ce știam și că el a fost, încă o dată, prea slab și nu a profitat până la urmă de ocazie, lăsând-o să se transforme în momeală... Dar, la urma urmei, de ce trufie? Nu am făcut decât să-i dăruiesc șansa pe care o așteptase atâta timp, pe care o implorase și după care tânjise... Și el ce a făcut? A ratat-o cu brio.

... Dar imaginea femeii înlănțuite de el, așa cum eram altădată eu, nu îmi dădea pace. La nivel superficial, ca o zgârietură insesizabilă pe suprafața strălucitoare, impecabilă a unui diamant. Dar un diamant trebuie să fie complet integru, complet neatins și orice impuritate îndepărtată. Femeia agățată de R era o astfel de impuritate. De ce mă deranja oare prezența ei? Care era motivul real, adânc, tainic care mă stârnea? Doar acel meschin sentiment de posesivitate? Deși nimeni nu va putea vreodată să ne ia nimic din ceea ce am trăit împreună, nimic din obsesia lui pentru mine, nimic din satisfacția mea egoistă de a-l ști mereu la picioarele mele.

Poate pentru că undeva, confuz, simțeam potențialul lor de a fi fericiți, poate că pentru o fracțiune de secundă am intuit că au o relație, așa cum noi nu am putut avea vreodată. Însă asta nu mă îndreptățea pe mine să vreau să le-o distrug. M-am retras, cu gândul la blestemul mediocrității - parșiv, cameleonic, definitiv - blestemul femeilor care pică în capcana geloziei izvorâte din egoism, nu din iubire.

I-am răspuns. Că-l căutam să mă ajute într-o problemă care, între timp s-a rezolvat. I-am mulțumit sec, dându-i de înțeles că asta este tot.

***

Trăiesc cu teama că voi muri fără să fi înțeles nimic din viață. Fără să-i fi deslușit măcar un sens, măcar un fir, măcar un adevăr.

Am ales mai întâi gustul amar, tristețile, deziluziile și suferința. Le-am absorbit până la identificare și dezintegrare. Iar apoi, sfidându-mi propriile limite, bun-simț și educație, am ales desfătarea, senzualitatea, libertatea... Dar oare m-am apropiat măcar cu jumătate de pas, trăind toate acestea, de ceea ce contează? De ceea ce trebuia să fi învățat? Pe vremea când nu aveam îndoieli, fericirea mi-era garantată. Totul era ceea ce părea a fi și nimic nu era supus întrebărilor. Iar liniștea pe care o certitudine ți-o oferă nu se compară cu nimic.

Sau optimismul. Optimismul este de prost gust, dar, precum speranța, pare că îți conferă o anume siguranță de care, în realitate, duci lipsă. Însă fără aceste ingrediente, viața nu curge. Nu poate merge mai departe. Optimismul este liantul dintre întâmplările fiecărui destin.

***

Azi am curaj pentru că ieri am fost mușcată de prea multe ori de frică! Azi sunt cine sunt, pentru că ieri am căzut de prea multe ori, dar m-am ridicat de tot atâtea ori. Azi nu mi-e rușine cu niciuna dintre faptele mele, azi le-am ridicat la rang de împlinire. Ele mă ajută să mă definesc și să mă cunosc. De aceea nu mai am nevoie de confirmări externe.

Iar atunci când noua mea cunoștință V, producător de filme pentru adulți, m-a întrebat brusc, în cadrul unei discuții flirt lejere, dacă nu m-ar interesa să gust din lumea pe care el mi-o poate oferi, i-am răspuns că mă tentează nu pentru că asta mi-ar fi servit ca o confirmare a carnalității și senzualității, ci pentru că mi s-a părut încă o provocare pe care nu aș avea de ce să o ratez.

A fost o experiență unică. Mi-a revelat, într-adevăr, o altă lume și nu am simțit nevoia să pornesc pe un drum pe care reușisem să-l intuiesc perfect încă din primele momente. Și asta pentru că ar fi fost prea plictisitor.

Am mințit că aveam experiență doar pentru a sări etape considerate necesare de unii, dar absolut de prisos pentru mine. Totuși, a trebuit să asist la filmarea ultimelor cadre ale altui film, ca să înțeleg dinamica interioară, atât de diferită de ceea ce profanii își imaginează. Am primit un rol scurt, secundar - dar îmbibat în promisiuni care nu mă interesau, legate de viitorul meu statut de vedetă XXX - în cadrul unui film a cărui acțiune se centra asupra unui casting de tinere femei pentru nu mai știu ce job inventat (sau chiar inexistent în scenariu).

Exhibiționismul care doarme profund în fiecare dintre noi și care atinge vag suprafața în stările în care pierdem ușor contactul cu realitatea la mine înflorise nestingherit, într-o stare de veghe desăvârșită. De fapt, rod al nepăsării pe care o cultiv de mult, nepăsare care se manifestă inclusiv față de impresiile pe care persoana mea, atitudinea, părerile, trupul meu le trezesc în mod nemijlocit în cei cu care interacționez direct. Cu alte cuvinte, nu mi-a fost rușine nicio secundă să mă dezbrac pe un platou de filmare destul de populat, fără ca la asta să contribuie șoaptele altei tinere aspirante care își încuraja o colegă, la fel de aspirantă, să se gândească că este la ginecolog!!

S-a filmat mult, s-a păstrat puțin. Dintre toate fetele „intervievate" în cadrul filmului, au fost alese trei să participe la acțiune, celelalte fiind considerate - odată ce și-au expus lasciv nurii în fața camerei - ca fiind respinse de către intervievator - personajul principal al filmului. Fusesem „respinsă" pentru că lui V i se lipiseră ochii de coapsele mele și am înțeles că nu ar fi suportat - nici măcar pe propriul platou, nici măcar în numele artei pe care o profesa - să mă vadă în posturi exagerat de intime cu alte persoane, fie ei chiar actorii săi profesioniști. Nu am apucat să regret modul în care mi-am „ratat" cariera neîncepută, căci cameramanul, plictisit de atâtea organe genitale și acte sexuale vizionate în detaliu de-a lungul timpului, imun la sâni și fese la grămadă, în timp ce mă filma, de câteva ori, rapid și probabil neobservat de către ceilalți, și-a îndepărtat privirea de obiectiv, doar pentru a mă vedea direct, nemijlocit de stratul gros de lentile. Iar privirea lui proaspătă, uimită, de parcă ar fi zărit-o pe Albă ca Zăpada în mijlocul unei orgii gay, mi-a atras, inevitabil, simpatia.

Faptul că am refuzat ulterior avansurile lui V a făcut ca scena cu mine să „cadă" la montaj, amănunt, de altfel, complet irelevant. Însă în bărbatul din spatele camerei am simțit că pot descoperi ceva mult mai ofertant. Dacă un bărbat care cunoaște în amănunt intimitățile anatomice a câtorva sute de femei - chit că nu pe toate le-a și atins sau le-a avut în concret - simte ceva atunci când o femeie face ce au făcut prea multe altele înaintea ei, atunci acea femeie se poate considera o femeie binecuvântată cu darul unicității.

Nu sunt, nu am fost și nu voi fi o femeie perfectă. Nici măcar o femeie orbitor de frumoasă. Însă eu consider că am devenit una. Așa mă văd eu. Așa vreau eu să cred. E treaba mea ce cred despre mine. Dar cred sincer, complet, fără urmă de îndoială, iar asta îi hipnotizează pe cei din jur, asumându-și această părere despre mine ca fiind, în exclusivitate, produsul simțurilor lor. Nimic mai fals, dar - iarăși - ce contează? Contează doar că pot fi cine vreau, cum vreau, când vreau și cât vreau, atâta timp cât sunt profund convinsă de asta.

...cât vreau, cât știu, cât cred.

Bărbatul care a văzut prea multe femei făcând sex capătă, de cele mai multe ori, un handicap în raport cu acestea. Chiar apărat de o detașare cât se poate de veridică, riscă să atingă saturația. Dar asta nu înseamnă nimic, până la urmă, căci bărbații sunt „dotați" cu un soi de uitare care le permite să-și refacă destul de rapid interesul. Cu condiția ca acesta să nu fie totuși strivit, din nou, de grămadă. Când însă, din grămadă, se conturează și se identifică o anumită persoană, situația este, cumva, salvată.

***

Cameramanul avea să fie următorul bărbat din viața mea. Relația cu el a fost una dintre cele mai igienice relații: *„Nu te aștept și, dacă vii, nici nu am așteptări de la tine, așa că nici tu nu-mi spune că mă aștepți sau că ai te miri ce așteptări de la mine... simplu, curat, fără isterii!"* i-am spus încă de la prima întâlnire și zâmbetul lui șarmant, pe jumătate schițat, mi-a dat de înțeles că este absolut încântat de idee, poate mai puțin de faptul că a fost a mea. Hmm, cred că mi-ar fi plăcut să nu o accepte atât de ușor, însă doar dintr-un impuls al orgoliului, recunosc. Însă, pe de altă parte, dacă ar fi insistat în direcția asta, nu ar mai fi putut fi posibilă o a doua întâlnire. Cum spuneam, *„fără isterii"*.

Atenția lui delicată mă flata. Atenția lui proaspătă - de parcă aș fi fost printre primele femei din viața sa - mă incita. Fin cunoscător al realității feminine, știa să desfacă aparența de realitate, căci o femeie, chiar și când trăiește, profund convinsă, o explozivă experiență sexuală, nu se poate abține să nu o condimenteze cu puțină dramă. În fond, se află pe cea mai importantă scenă a vieții ei, poate fi de înțeles. Însă el știa să desfacă întregul și să-și aleagă, precum miezul dintre sâmburi - doar esența trăirilor.

Totul a decurs firesc, fără tresăriri deșarte. Dintr-un anumit punct de vedere, era *„relația"*. Însă tocmai lipsa de complicații, de sinuozități i-a scurtat șansele de existență. S-a stins lin, fără regrete, așa cum am preconizat încă de la început. Încă o dată s-a dovedit că atunci când nu iubești, trăiești în lipsă. În lipsa pulsului, în lipsa simțirii, în lipsa sensului... Așa că ziua în care niciunul nu a mai venit a fost o realitate cât se poate de concretă. Nu a fost loc de *„adio"*, amândoi am știut că am adăugat o piesă în plus, de echilibru, în puzzle-ul intim.

***

Fiecare relație, fiecare bărbat m-au învățat câte ceva. Despre mine. Despre cea care se transformă în mod constant. Știu cine sunt în măsura în care știu în cine mă transform, către cine mă îndrept... Însă viața nu este atât de previzibilă pe cât mi-ar plăcea să cred. Sau poate că nu mi-ar plăcea deloc?

***

Scrisoare de la N

„Dacă o rănești, femeia care te iubește va străbate dintr-un singur pas distanța de la dragoste nebună la ură profundă... Am trăit-o pe pielea mea, o știu prea bine. Dar mai știu și că nu iubești, dacă nu și urăști, măcar din când în când, persoana iubită. Nu e pasiune fără încrâncenare și nici dăruire completă fără furie. Asumă-ți tot amalgamul ăsta greu de definit odată ce ai intrat în nebunia dragostei... și nu nega nimic, căci negând fie și o mică părticică, de fapt, negi întregul, iubita mea! De ce ai nega adevărul nostru? Unicul nostru adevăr? Am trecut prin infern – împreună și separat – și am dezbrăcat viața de toate straturile ei de taine, bucurii,

dureri și iluzii. Suntem bătrâni, dar prea puțin înțelepți, căci distanța, cu toate fețele ei, continuă să ne definească.

Pentru că iubirea este singurul adevăr, singura realitate care contează.

De fapt, lucrurile sunt foarte simple. Oriunde ai fi, orice ai face, oriunde aș fi, orice aș face, există un „noi" care nu depinde de nimic. Care trăiește independent de voința noastră, independent de decizia noastră, independent de faptul că poate nu ne vom mai vedea vreodată în viața asta. Și tu știi foarte bine asta...."

N a luat-o razna. Fie e pe telenovele, fie e la „menopauză" și gândește ca o femeie frigidă, frecvent părăsită de câte cineva. Unii oameni rămân blocați într-un anumit moment al trecutului, incapabili să-și continue viața, incapabili să treacă mai departe. Fiecare capitol are un rost, atâta timp cât știi să-l închei atunci când i-a venit ceasul, căci dacă nu o faci, atunci rămâi blocat precum o placă veche de pick-up pe suprafața căreia acul a săpat un șanț adânc și nu mai poate trece la următoarea melodie. N este prizonier al unui timp care a fost și care acum naște monștri în imaginația sa necenzurată. Limita dintre iubire și obsesie este uneori incertă, greu de stabilit clar și, de aceea, violată de atâtea ori.

Obișnuiam să cred că *„obsesia trebuie hrănită..."*, că orice obsesie trebuie hrănită, atâta timp cât te definește, pentru că atunci când o lași să moară, deja devii o altă variantă a propriei ființe. Mai bună? Nu neapărat... Ei, bine, în cazul tău, N, nu are nicio importanță. Devino o variantă care înțelege că, în sfârșit, „*noi*" mai există doar în trecutul dus și că nimic nu se mai poate face acum. Așa cum mortul nu învie dacă îl jelești cu urlete, nici iubirea nu învie dacă o jelești agresiv-siropos. Dimpotrivă, se descompune mai repede. Putrezește, în loc să fie păstrată mumificată, varianta ideală pentru iubirile moarte. Ceea ce știu cu certitudine este că am dreptate.

În fond, ți-am cerut de prea multe ori să-mi răspunzi... și ai râs! Acum de ce plângi că nu-ți mai cer nimic?

M-ai umilit, m-ai disprețuit și n-ai dat doi bani pe mine. Și asta, fără să vrei să mă vezi, să mă cunoști, în ciuda anilor petrecuți alături. Iar acum te întrebi cine sunt? De ce unde a apărut această femeie pe care nu o mai stăpânești? Îți spun eu: din resturile celeilalte, din forța pe care nici nu ai bănuit-o, din preaplinul lacrimilor și din răbdarea pe care i-ai epuizat-o. Această femeie, la rândul ei, deși știe foarte bine cine ești, nu mai vrea să te cunoască. Pur și simplu, nu o mai interesezi. Nu mai ai nicio autoritate asupra ei.

Nu uita, N, că pentru ea ai murit deja...

***

Am fost întrebată adesea „*cum?*". Nu îmi place să dau sfaturi, nu există o rețetă, fiecare femeie este o simfonie aparte, unică, însă, la bază îi stau aceleași note muzicale.

Viața mea este o carte deschisă, dar scrisă încifrat. Fiecare să-și ia ce poate sau consideră de cuviință. Nu faceți ca mine, faceți ca voi. Nu imitați pe nimeni, nici măcar pe voi înșivă.

De aceea, în loc de povestea vieții mele, am răspuns:

- Nu te vinde, indiferent cât de mare e prețul oferit! Atunci când simți, dăruiește-te. Aceasta îți este adevărata valoare...

- Contează să fi iubit. Și să fii iubit, dar mai presus de toate, să fi simțit cum forța gravitațională se înclină și dispare, iar levitația devine noua normalitate. Să fi simțit o clipă, o oră, o zi, o lună, un an... - nu contează cât, dar să fi simțit acea desprindere de lume și uniune cu raiul. Singurul nostru rai palpabil. Nu din povești, nu din legende, ci din viața asta defectă, pământeană. Contează doar să fi iubit... fără însă să te oferi ofrandă pe altarul unei ființe cu falus. Înțelegi cât e de penibil?

- Nu ai nevoie de binecuvântarea nimănui pentru a face o nebunie. Așa cum nu ai nevoie de nimeni să te ajute să-i porți urmările. Ne-am înțeles?

- Nu te mai ascunde în spatele ratărilor, sunt doar simple instrumente de cunoaștere de care nu mai ai nevoie, și-au jucat rolul, au ieșit din scenă! Tu, însă, nu!

- Nu lupta în războaie care nu-ți aparțin, nu încerca să fii erou pe meleaguri străine, căci nu vei reuși să fugi de propria esență! Și nici laurii reci nu-ți vor ține loc de suflet...

- Dacă totuși simți nevoia să te lamentezi suav, chemând brațe de bărbat să te ocrotească, să-ți fie adăpost și acasă să-ți fie... nu te speria! Poți avea oricând o zi proastă, dar doar atât!

- Când într-o atingere, într-o strângere de mână sau o ușoară mângâiere înțelegi că se concentrează tot erotismul universului... trăiește-o ca pe ultimul lucru pe care îl mai ai de făcut în viața asta... apoi, uită-l ca și când ar fi fost primul dintr-un lung șir...

- Ține minte, oamenii fericiți nu pot invidia. Așa că, dacă te trezești privind cu jind la împlinirea altcuiva, caută-te repede, ești profund nefericită și poate că nici măcar nu-ți dai seama!

- Renunță să aștepți. Alege să acționezi, nu să reacționezi!

- Să te adore pentru cum faci dragoste, nu sarmale!

- Să-ți asumi urmările propriilor decizii! Iată un act de eroism ce trece neobservat!

- Când nu mai este totul despre tine, fie te-ai rătăcit, fie te-ai îndrăgostit, ai grijă!

- Renunță să mai fii o mincinoasă prolifică și eficientă. Riști să te minți că ești fericită și să te crezi pe cuvânt!

- O să-ți dorești - dacă încă nu ai făcut-o - să dai timpul înapoi pentru a lua, la un moment dat, altă decizie. Atunci, cu atât mai mult, fii atentă la deciziile pe care le iei în fiecare *„azi"*, ca nu cumva, curând, să-ți dorești (iar) să te întorci pentru a le schimba...

- Dacă ai ars pasiune, timp, nervi și liniște pentru un singur bărbat, iar el continuă să privească lung prin tine, află că pentru el ești la fel de importantă precum fumul de la ultima sa țigară...

- Să oferi lucruri sau obiecte flatează, dar nu implică... este simplu, la îndemâna oricui. Să oferi cu sinceritate tandrețe, înțelegere, interes și sentimente poate părea la fel de ușor însă... Doar pare! Repet, nu te lăsa cumpărată!

- Te-ai întrebat *„de ce"*? Înseamnă că încă nu ai înțeles nimic. Iar o lecție neînvățată va continua să se repete o dată și încă o dată...

- Curajul de a ieși din tine însăți... uneori îl cauți toată viața, fără să-i dai de urmă, iar alteori, fără să știi cum, te copleșește și te împinge pe buza prăpastiei propriei ființe. Pentru că alteori, în loc să pierzi timpul rătăcind, pur și simplu, ești și faci! Căutarea aia sterilă nu este altceva decât persistența în inerție, lipsă de inițiativă și acțiune...

- Lăsăm în urmă oameni și amintiri. Urme grele. Suferință. Uneori, însă, atât de necesară. Fiecare plecare - o nouă moarte. ...dar dacă trebuie, pleacă!

- Dincolo de filosofiile puerile că ne naștem și murim singuri, între aceste două momente nu este greu să fim fericiți, privați de compania celorlalți. Și, de aici, marile bucurii și tristeți, totodată.

- Pentru toți cei care se spetesc muncind să te urmărească și să-ți ghideze viața, pentru cei care întotdeauna ar trăi mai bine, mai frumos, mai minunat și *mai* mirobolant decât tine, în locul tău, viața ta, nu trebuie decât să ai un singur mesaj: *„Hai sictir!"*.

- Spune: *„Am încredere în tine!"* și zâmbește! Îți va întoarce zâmbetul...

Imaginea-ți mereu ți-l va întoarce!

- Fură timp! E moral, e sănătos și atât de necesar.... poate singurul mod de a ieși din viață cu mințile întregi. Nu uita, fură timp pentru tine!

- Pentru un bărbat, dezbracă-te de haine, nu de visuri...

- Timpul șlefuiește, ascute sau tocește - după caz - simțiri, iubiri, relații, suflete și corpuri. Instrument de mare precizie, poate ucide sau salva... Tu decizi!

- Să îți intre bine în cap, frica nu păzește nimic, dimpotrivă, fură bucuria de a fi. Să trăiești așa cum vrei nu ține de curaj, ci de o demnitate și asumare mult mai importante decât convențiile sterile.

- Dorește-ți puțin, dar intens. Dorește-ți esențialul...

- Fii regina vieții tale! În spatele înfățișării, vârstei și aparențelor rezidă același spirit feminin triumfător, chiar tu dacă nu-ți amintești mereu asta...

- Vine un moment în viața fiecăruia când rătăcirea este iminentă... însă, ce să vezi, este în același timp și indispensabilă! Nu-ți fie frică să te rătăcești, așa vei descoperi ce minuni se ascund dincolo de drumul drept!

- Nu te sfii să-ți strigi durerea, nu te sfii să-ți eliberezi monștrii, nu te sfii să suferi profund, dar, mai ales, nu te sfii să rămâi mereu, orice s-ar întâmpla, la suprafață!

- Niciodată nu este prea târziu să faci alegerea corectă. Adu-ți mereu aminte acest adevăr atât de simplu, mai ales atunci când nu mai vezi alternativa...

- Femeia care a suferit cel mai aprig știe să iubească cel mai profund. Cu cât a iertat mai des, cu atât are mai mult loc în suflet pentru viață...

- Dacă o femeie vrea, oprește lumea pe loc cu un simplu surâs și niciun bărbat nu-și dă seama de asta. Decât atunci când e prea târziu!

- Să visezi e gratis. Să nu-ți urmezi visurile costă!

- Nu privi niciodată în trecut... cu atât mai mult dacă acolo se află bărbatul pentru care ai fost invizibilă...

- Cu cât ajungi mai jos, cu atât mai mare va fi forța cu care vei reveni la suprafață! Ai încredere!

- Fiecare femeie ascunde o *„fată rea"* și una slabă de înger, important este cum conviețuiesc acestea două!

- Atât de multe drumuri, atât de multe posibilități și doar o viață de trăit! Ai grijă, așadar, ce alegi...

- Ai curaj să fii tu însăți cu toate cele aprobate și dezaprobate de către societate sau de către cei din jurul tău!

- Nu te bucura de nefericirea bărbatului pe care l-ai iubit, dar te-a refuzat sau te-a rănit!

- Fii astfel încât să nu poată privi în altă direcție când te ține de mână, chiar dacă te ține o dată sau mereu!

- Și dacă mai ai momente când încă te mai lași dezamăgită de viață, aprinde-ți o țigară și gândește-te... Cum ai putea să-ți iei revanșa?

***

Scrisoare de la N

„Eu sunt cel ce te așteaptă. Te aștept chiar dacă știu că ne desparte o apocalipsă. Un sfârșit de lume în care

„noi" a fost posibil. Te aştept şi poate – îmi place mie să mă amăgesc – simţi asta. Simţi că mă gândesc obositor, obsedant, toxic la tine. Atât de mult, că mă simt? uneori impregnat până la refuz de fiinţa ta, nu mai pot să respir, nu mai pot să mă mişc, nu mai pot să scap... Când ne-am plecat unul altuia, mi-ai spus să nu te aştept şi eu, cu ecoul ultimelor sunete în gând, cu imaginea încețoșându-se treptat, mă ţin de o promisiune pe care nu ţi-am făcut-o niciodată, încălcând cu patimă ultima ta dorinţă.

Mă gândesc că te vei întoarce. Poate chiar azi, poate mâine, poate în oricare zi, iar eu trebuie să fiu pregătit, să nu bănuiești că te-am așteptat în tot acest timp, că am încremenit în secunda despărţirii, cu inima strânsă în pumn, cu minţile rătăcite printre ultimele noastre îmbrăţişări, într-un trecut comun mult prea îndepărtat, cu dorințe încă vii, pulsând indecent sub tâmpla uşor albită.

Nu mi-e ruşine să recunosc că dorul îmi măsoară otrava iubirii tale în doze mici, letale. Nu mi-e ruşine să recunosc că încă îţi mai prepar cafeaua, dimineaţa, şi o las pe masă, la locul tău... iar seara, rece şi mată, cu gust de leşie, o arunc ca într-un ritual al unei morţi ce se repetă la infinit, după ce, în zadar, te-a aşteptat, ca şi mine, întreaga zi.

Te aştept şi azi, iubito, aşa cum am făcut-o mereu. Odată şi odată, cafeaua ta nu va mai apuca să se răcească abandonată în ceaşcă... odată şi odată, eu voi fi cel la care te vei întoarce cândva, învinsă de viaţă, căci eu sunt bărbatul în ale cărui braţe îţi vei găsi tihna.

Eu sunt cel ce te așteaptă, nu uita asta..."

Am uitat.

***

Acum știu cu totul și cu totul altceva. Acum nu-mi spun decât atât:

Fii impertinentă! Sau ceea ce ceilalți numesc *„impertinență"* din partea unei femei care nu stă la discuții cu jumătăți de măsură.

Părăsește-l inclusiv pe bărbatul ideal, dacă așa simți, păstrând explicațiile doar pentru propria ta conștiință.

Afirmă și susține ceea ce te face fericită și fără pretenția ca asta să-i intereseze pe ceilalți, căci este suficient să te intereseze pe tine.

Bate cu piciorul în podea, fără teamă de ridicol, dacă asta simți, cu condiția ca pantoful să-ți fie impecabil lustruit.

În schimb, nu tolera ca cineva să-ți bată cu pumnul în masă, indiferent cât de suav o face, indiferent dacă are sau nu manichiura perfectă, indiferent dacă gestul său respiră urme de masculinitate.

Fii mândră de cine ai fost, cine ești sau cine vei deveni, indiferent cât de multe greșeli ascunde fiecare etapă.

Ignoră bruiajul pe care restul femeilor îl fac în jurul tău atunci când atitudinea ta le îngenunchează.

Renunță la compasiune în fața bărbaților proști și a femeilor prefăcute, indiferent cât de convingător și-ar plânge de milă în fața ta.

Dar nu renunța la nimic din ceea ce te definește, atâta timp cât tu nu consideri că a venit momentul să o faci, indiferent dacă toți ceilalți se coalizează ca să-ți demonstreze contrariul.

Și, din nou: să nu ai așteptări de la nimeni, în afară de tine însăți!

***

Uneori, privind retrospectiv, mă amuz că relațiile mele au inclus... tot alfabetul. Cred că odată ce te accepți așa cum ești - vulgară, superficială, prostuță, genială, rafinată sau doar ordinară - calificativele nu mai pot prinde rădăcini. Ceilalți vor continua să te clasifice, să te judece și să te mărunțească printre dinții tociți de atâta ură măcinată fin, dar pe tine nimic din toate astea nu te va mai atinge. Așa cum nici pe mine, acum, nu mă atinge pudoarea închipuită a celui care mă urăște cu mâna în pantaloni, a celei care mă bârfește, invidiindu-mă și încercând să-mi imite grosolan gesturile sau cuvintele. Lumea asta burlescă de neterminați nu este decât praful pe care orice splendid galop îl ridică pentru a-l călca în picioare și lăsa, indiferent, în urmă...

***

Da, I, ți-o spune una dintre ele. Nu te lăsa amăgit nici de zâmbet, nici de lacrimă, nici de oftat, nici de gestul tremurat... nu știi niciodată ce se ascunde, de fapt, în spatele lor sau dacă se ascunde, într-adevăr, ceva. Eu și când sunt sinceră, mint, știai?

Mă uit la tine și la tinerețea ta, dragă I, și mă văd pe mine în urmă cu o altă viață. *„Femeia aceea a murit"* și nu glumesc, însă uite că istoria se repetă și tu ești clona ei perfectă. La masculin, ceea ce face ca totul să aibă o notă în plus de tragicomedie.

Nu, I, nu o să mă culc cu tine. O să recunosc deschis că mirosul tău de armăsar tânăr, scuturat de armate de hormoni gata să cucerească ce niciun alt bărbat - îți imaginezi tu - nu a fost capabil, mă tentează, mă incită, mă excită... Ți-aș răvăși întreaga armată, ți-aș pune fiecare arcaș la pământ și aș tăvăli cu ei imaginare câmpuri de bătălie, aducând astfel prinos tinereții tale de carne tare, respirând sexualitate brută... Te-aș șlefui cu mâini de hetairă, te-aș reclădi din amestecul de fluide ale trupurilor încrâncenate într-o împreunare ce se vrea, de fiecare dată, supremă și te-aș soarbe, epuizat, în căușul palmelor mereu lacome... Ți-aș suge vlaga, te-aș mușca cu poftă de coapse și te-aș întoarce de pe o parte pe alta, mereu indecisă, mereu nesătulă de gustul trupului tău erect. Nici nu știi, I, pe ce culmi ale plăcerii te-aș târî, nici nu știi cât de intimă i-aș permite atingerii tale să fie, nici nu-ți imaginezi cum aș putea să explodez strivită continuu de vigoarea ta. Nici nu știi și nici nu o să poți ști vreodată, I.

Carnalitatea ta îmi inundă simțămintele de gânduri murdar-vinovate, pe care însă nu ți le voi oferi în dar niciodată. I, du-te și îngenunchează tu o femeie, înainte de a te lăsa îngenuncheat de una... Du-te și fii cuceritorul la care visezi să fii, du-te și fii salvatorul care crezi că se ascunde în adâncul tău, du-te și adapă-te cu miere neotrăvită, I! Du-te și crește, devino bărbat și abia apoi întoarce-te. Abia apoi îmi vei putea susține privirea, abia apoi îmi vei putea descheia ultimii nasturi, abia apoi vei avea cum te lăsa pătruns, străpuns și contorsionat de noaptea simțurilor... Și nu doar o dată. E, poate, singura promisiune pe care pot să ți-o fac azi...

I suferă. Nu vreau să-mi stârnească milă, căci atunci mă voi vedea obligată să-mi încalc promisiunea. Și nu că m-aș sinchisi, dar de ce să-i facilitez o ratare? Și, mai ales, de ce să ratez și eu, la rândul meu, undeva în viitorul nu foarte îndepărtat, o experiență dintre cele cărora le ofer puțin mai mult decât trupul meu?

- Ești rea! îmi strigă I, de parcă brusc ne-am fi întors în timpurile necoapte ale anilor dintâi ai tinereții când sentințele se dădeau și se ridicau cu o viteză amețitoare și, de aceea, nesemnificativă. Nu vreau să minimizez nimic din ce poate fi între noi, nu vreau să-l asociez cu imagini menite să-i îngroape, în mintea mea, masculinitatea. Căci s-au mai văzu fete cu prohab și nu vreau sub nicio formă ca el să se transforme într-una. De aceea, îi explic:

- Nu... dimpotrivă. Dacă aș fi rea, ți-aș face tot ce ți-am spus și apoi te-aș arunca, folosit, primei ieșite în cale. Și te-aș uita înainte să închid ușa în urma ta. Dar așa, păstrez intact fructul posibilității: el singur conține șansa ca dorințele tale să fie vii mai mult decât o oră – maximul pe care l-ai putea avea cu mine acum – și-ți ofer șansa să-l culegi, doar tu, odată ce va fi copt, matur, dulce, aprig de dulce, amar, aprig de amar. Du-te și întoarce-te când vei simți că ești pregătit să-l culegi. Până atunci, ne vom înfrupta amândoi imaginar din el...

Și înainte să plec și să-l las singur, în garsoniera probabil închiriată, pe jumătate dezbrăcat, pe jumătate ejaculat, îl sărut, mușcându-i apăsat buza de jos, lipindu-mă toată de el, un fel de „spoiler" a ceea ce poate urma. El prinde curaj, își încleștează mușchii apetisanți, mă strânge în brațe și mă trântește pe pat, într-un gest negândit. Am simțit că nu știe ce face și, mai ales, că nu știe ce să facă în continuare. Inevitabil, m-a bufnit râsul. M-a mișcat lejer tentativa lui de a-și dovedi, primar, brutal, superioritatea de mascul în călduri care, deși a fost mușcat de femelă și nu primit cu coada în sus, totuși, încearcă să-și joace ultima carte pentru că așa îi dictează ADN-ul și strămoșii din a căror esență s-a hrănit la procreare, dar nicidecum propria-i voință sau autocontrol.

- Ne vedem când te faci mare, I, i-am spus înainte de a trânti ușa după mine. M-am condus singură, râzând – a fost prea simplu să-l dau jos de pe mine – și mi-am aprins o țigară, imediat ce am pășit dincolo de teritoriul lui. Și-a ținut respirația până atunci și apoi pereții indecent de subțiri ai blocului mi-au permis să-i aud gemetele înăbușite. Nu am știut dacă plânge sau se masturbează.

***

„Ești rea!" îmi răsună în urechi și acum cuvintele lui I. Poate că ar fi trebuit să nu fiu sinceră cu el? Să-i spun că-mi plac bărbații, dar că în acest moment al vieții mele prefer... o prietenă?? Nu ar fi fost neapărat o minciună - și gândul mi-a zburat o idee și la Eva - deși lui i-aș fi transmis că nu pentru o relație romantică sau sexuală, ci - aș fi improvizat repede - pentru siguranța pe care prezența unei prietene ți-o poate oferi. Probabil că nu ar fi înțeles - e totuși prea tânăr - ce stabilitate poate reprezenta o prietenă în viața unei femei. Pentru că bărbații vin și pleacă (și chiar dacă nu pleacă sau nu sunt izgoniți, prea puțini sunt cei care rămân și cu sufletul), copiii vin și pleacă, bucuriile și necazurile vin și pleacă. Însă prietena rămâne acolo, o viață întreagă, chiar și atunci când nu îi vorbești sau nu o întâlnești zilnic. O relație ce nu are nevoie să fie atât de mult... frecată, dar care ascunde o doză copleșitoare de autenticitate și valoare.

În general, nu știm să fim prieteni cu partenerul de viață, căci dacă am ști, relațiile dintre femei și bărbați ar fi cu mult mai puțin tragice. În plus, mi se pare totul mai ușor și mai frumos de trăit, de înțeles și de suferit, atunci când se împarte la doi..., adică la două!

Nu, nu... cu siguranță nu ar fi înțeles ce trebuie.

***

Oare ce-o mai face Eva?

***

Aflu că N este internat într-un spital de boli psihiatrice. Nu am devenit inumană ca să-mi fie complet indiferent, dar nici nu pot spune că-mi tremură inima de spaimă și dorința de a-l vedea, ajuta, de a-l... orice. Simt milă, așa cum aș simți pentru orice ființă aflată în situația lui, așa cum aș simți pentru femeia de serviciu de la blocul din intersecție sau pentru câinele cu care m-am jucat o dată, la margine de lume. Totuși, a făcut parte din istoria mea personală, pretext de căderi și măriri în propria-mi evoluție. Acesta este unul dintre momentele pe care mi le-am dorit poate cândva, plină de ură și încă amăgită de dor și răscoliri, ca pe o răzbunare supremă a unei Karme ce, în sfârșit, și-a văzut lungul nasului și și-a făcut datoria. Faptul că azi asta este o realitate nu mă face să mă simt cu nimic vinovată, ci mă face să ridic din umeri, uimită oarecum de întorsăturile pe care le ia viața, cel mai adesea atunci când este prea târziu.

Măcar de acolo nu îmi va mai putea scrie, căci gândurile și așa nu i le mai aud și nu i le mai simt de demult... Ești mort, N, ai uitat?

Restul e... nimic.

***

În aceeași zi, mă caută și Eva. Nu au legătură momentele. Nici nu știu când am încetat să vorbim, să ne vedem... faptul că m-am gândit la ea în ultimul timp mi-a adus-o. De ce nu am căutat-o eu? Simțeam cumva nevoia să las liniște asupra a ceea ce a fost înainte de a continua... Și cred că, odată cu inițiativa ei, acest timp s-a scurs.

Oricum, pe Eva nu o pot pierde...

Ca de obicei, nu am așteptări de la întâlnirea noastră. Nu știu cum i s-au conturat ei lucrurile, însă eu le-am ordonat frumos în arhiva vieții. Fără risipă de energie. Dacă am nevoie de ceva de acolo, totul e la îndemână, dacă nu... nu. Simplu.

Eva este aceeași și totuși ceva radical s-a schimbat undeva în interiorul ei. Simt că mi-a lipsit.

Admirând-o în timp ce se apropia, mi-am confirmat că Eva rămâne una dintre certitudinile vieții mele nomade. Eva este un punct fix într-un univers mobil.

Eva este...

Eu sunt... emoționată. Mă bucur ca un copil de ascuțimea senzației. O redescopăr pură, proaspătă, neîncepută...

Ne ținem de mâini, mai degrabă ca două prietene decât ca două foste iubite care și-au dus un dor amestecat, abia mărturisit sinelui, dar care acum s-au regăsit pe poziții clar delimitate: Eva se mărită! Nu-mi spune cu cine și nici nu mă invită la nuntă. Înțeleg că-l cunosc pe mire, înțeleg că ea a trecut, într-adevăr, într-o etapă pe care nu am putut s-o prevăd.

Mă bucur pentru ea cu inimă reținută. Fără să-mi spună multe, ideea de căsătorie, ideea de Eva fidelă unui singur bărbat, unui bărbat care, cu siguranță, mi-a trecut prin așternut... nu-mi inspiră nimic bun. Eva este însă transfigurată. Mă gândesc că sunt femei care au nevoie să trăiască și această experiență până la descompunere și uitare de sine. S-o bifeze. Apoi să se scuture buimace și să-și revină. Sau nu. De aceea mi-e teamă de cât de sus va cădea și de cât de tare se va blaza în curând, însă probabil că este dispusă să-și asume și acest revers la medaliei pe care, de obicei, nimeni nu-l vede (sau nu vrea să-l vadă) în momentul în care are de dat vestea iminentei căsătorii.

Eva mă cunoaște. Nu vorbim în cuvinte despre asta, însă mă privește cu ochi scânteietori și, la despărțire, mă sărută apăsat pe buze. Este un *„adio"* temporar, știu, însă asta nu mă împiedică să nu mă înfior a aducere aminte... Sărutul ei – o promisiune amânată pentru... vom vedea când.

- Nu ai dreptate... Nu o să permit să ai dreptate... îmi spune ușor și știm amândouă că, odată conturate cuvintele, odată născute din potențialitate, deja au creat acea realitate pe care o contrazic. *„E doar o chestiune de timp"*, gândesc.

Dar Eva e deja departe...

***

Ultima scrisoare a lui N

„Tentația seamănă cu cea mai ascunsă fantezie erotică. Te excită să ți-o imaginezi cu detalii precise, rele, veninoase, perverse, dar nu ești sigur că ți-ai dori, de fapt, s-o trăiești aievea. Te mulțumește s-o guști din plin din rodul imaginației. Până la urmă, nu este clar, care e lașitatea? Că ai vrea, dar nu ai curaj sau chiar că ai curaj? Orice decizie implică o doză de curaj. Faptul că iei o decizie și o aplici e un act de curaj. Atunci unde este lașitatea clasică de care se tot vorbește în prejma „tentației"? Dimpotrivă, unde există clișeul unei „lupte pierdute", este, de fapt, o luptă câștigată cu instinctele primitive ale ființei vii. Nu contează dacă e bine sau rău, contează ce decizie ia fiecare în propriul context. Contează că orice decizie e grea. Și că decizia tentației e cea mai grea, majoritatea rămânând „curajoși", dar cu ea în gând, hrănindu-se din fantezia ei. O dată și încă o dată...

Nu vreau să te împovărez cu lucruri pe care deja le cunoști. Nu vreau să-ți transfer vina, ar fi o farsă și eu am obosit de farse. Au fost prea multe... N-o să-ți mai scriu niciodată. Ai dreptate, iubirea a murit. Și eu, încet, odată cu ea..."

...un ratat telepatic.

***

Sunt singură. Pentru mine aceasta este o alegere. Dacă privesc în urmă - și o fac steril, doar ca

„documentare" sau de curiozitate - au fost epoci în care fugeam de singurătate, în care o vedeam ca pe o povară, ca pe o nenorocire de care mă feream cu orice risc, cu orice sacrificiu, cu orice compromis. Iar atunci când se întâmpla să ni se intersecteze drumurile, sufeream ca un câine, oarbă și surdă la chemările ei ascunse. Fără să știu, și atunci făceam o alegere, dar una incredibil de găunoasă, una menită să-mi aducă durere inutilă. Alegeam să sufăr din cauze mai mult închipuite sau înghițite cu de-a sila de prin viață. În general, de prin viața altora.

Dar azi, singurătatea are gust de timp oprit cu mâna, spre mângâiere și încetinire a zbuciumului. Are gust de liniște, de tihnă, de culori moi, de temperatură plăcută simțurilor, de senzația unei după-amiezi de duminică într-un târg de provincie unde nu se întâmplă niciodată nimic. De piua. Orice sistem are, la un moment dat, nevoie de pauză. Mai cu seamă unul viu...

Singurătatea este blestem sau binecuvântare. Depinde cum vrei s-o înțelegi, cum ți-o însușești, cum o trăiești... În ritmurile singurătății îmi regăsesc pacea, echilibrul, armonia. Îmi regăsesc și cele mai mici piese ale puzzle-ului, piese la care renunțasem de mult, deși purtam în continuu lipsa lor. Îmi regăsesc gândurile și visurile puse la păstrare pentru un viitor prielnic. De cele mai multe ori, știm că acest „viitor prielnic" nu vine niciodată, de aceea mă grăbesc să profit de singurătate.

Singurătatea te poate silui sau tu îi poți arăta o lume - lumea ta - ținând-o cu putere de moț.

Controlând-o. Dominând-o. Exact așa cum ai proceda în pat cu un partener temporar, dar necesar.

***

Pe unde trec, ridic semne de întrebare. Nu sunt însă atât de cinică pe cât par, nici atât de perversă pe cât își imaginează cei ce nu mă cunosc și nici atât de disponibilă pe cât ar vrea cei ce mă adulmecă mai mult sau mai puțin discret. Și nici atât de sigură pe mine pe cât arăt. Am, ca orice om, momentele mele de îndoială cu care mă delectez în strictă intimitate. Rufele murdare nu se spală în familie, ci în compania propriei persoane. Mă întreb dacă nu cumva, peste ani, mă voi schimba atât de mult încât să regret cine sunt și ce fac. Să mă reneg... căci asta mi se pare insuportabil și mă întreb însă dacă nu cumva jocul contorsionat al minții nu îmi va servi - trofeu suprem sau răzbunare târzie - un astfel de regret. Să ajung să-i scriu celei care sunt azi îndemnuri patetice la puritanism. Vreau să râd și să iau totul în glumă acum și astfel voi submina orice posibilă manifestare de femeie ajunsă la vârsta tuturor îndoielilor, atunci când defectele își ating apogeul. Mă și imaginez, transmițându-mi serios și crispat, din viitorul nenăscut, un răvaș plin de *„învățăminte"*:

„Orice scrisoare începe cu „draga mea", însă acum nu mi-ești dragă deloc. Voi avea ceva de furcă să te pot ierta și îndrăgi până la urmă. Ești încă tânără, mai mult un copil decât un adult în multe privințe. Niciodată nu ți-ai ascultat rațiunea. Mă întreb dacă ai asculta vocea remușcării, dacă ai putea-o auzi, din viitor. Căci, dacă m-ai auzi:

Ți-aș spune că fericirea pe care crezi că o vezi azi, când te uiți în ochii mincinoși ai tuturor bărbaților, este ambalajul efemer al suferinței.

Ți-aș spune că ceea ce consideri tu ca fiind libertate de decizie este, de fapt, obediență oarbă – îți urmezi instinctele, te lași legănată de ipocrizie și te alini cu gândul la dreptul tău de a iubi.

Ți-aș spune că tocmai ceea ce ai considerat uneori iubire este doar criza de identitate a câte unui „el" și timpul tău exploatat de interese străine de tine.

Ți-aș spune că ceea ce tu consideri a fi vina celorlalte femei, inclusiv a femeilor ai căror soți te-au/i-ai cucerit, este, de fapt, vina voastră, a celor care ați luat decizia de a vă sui cu bocancii pe sufletul lor: tu din prostie, ei din nepăsare... sau invers!

Ți-aș spune că promisiunile lui (ale oricărui el) nu sunt decât nade menite să te prindă în plasă, atâta timp cât de nădragii lui mai atârnă încă o femeie.

Ți-aș spune că ceea ce consideri tu libertate și firesc între un bărbat și o femeie, morala consideră altceva; știu că acum nu te interesează, dar mai târziu e posibil să vezi diferit lucrurile...

Ți-aș mai spune că experiența de viață care contează nu se construiește prin paturi străine, ascunsă, din planul doi, din umbra băncii de rezervă, chiar dacă este doar pentru o singură dată, chiar dacă este opțiunea ta... căci oricât de mult ți-au jelit unul sau altul la picioare, câți au renunțat la tot pentru tine?

Ți-aș spune că lacrimile tale din viitorul ce pare acum atât de îndepărtat nu vor fi fost din cauza destinului potrivnic, ci din cauza refuzului tău de a fi acceptat o realitate lipsită de sclipire și intensitate, comună sau mediocră dacă vrei, dar stabilă și rezistentă la uzură pe termen lung.

Dar, mai presus de orice, ți-aș spune că toate acestea te-au făcut femeia care ți-ai dorit întotdeauna să fii... și în concluzie, când tragi linie, după o viață deloc virtuoasă, dar glorioasă și independentă, poți fi mulțumită că reproșurile pe care viitorul nu este exclus să nu ți le aducă sunt, până la urmă, irelevante!

Q.E.D.!!! Punct și de la capăt!

***

Și cu toate acestea...

Nu, nu... de fapt, ți-aș pune cu totul și cu totul altceva, pentru că meriți îmbrățișarea unor sfaturi bune, nu reproșuri goale! Ți-aș spune:

Să nu plângi prea mult, căci lacrimile niciodată nu au rezolvat probleme, ci doar au secătuit sufletul de vlagă;

Să nu regreți nimic din cele făcute! Ridică fruntea atunci când urmările faptelor te ajung din urmă, pentru a le întâmpina zâmbind;

Toate nefericirile tale sunt efemere, la fel și fericirile. Ignore-le mai mult pe primele, să te desfeți mai mult în lumina ultimelor;

Acceptă fiecare lovitură de pragul de sus, acceptă de câte ori te împiedici de cel de jos; acceptă-ți fiecare cădere, fiecare semn, fiecare cicatrice, ca pe semne ale unei înțelepciuni ce crește pe zi ce trece;

Nu te mai lăsa șantajată emoțional de nimeni.

Bărbații vin și pleacă și atunci când îl vei întâlni pe cel ce va sta, vei ști. Nu te mai panica de fiecare dată, la fiecare întâlnire, la fiecare despărțire.

Nu ai de ce să te grăbești, că, deși viața e scurtă, nu poți să-i simți gustul decât dacă o trăiești pe-ndelete.

Tinerețea este precum un vis lucid – nu știi și nici nu decizi când începe sau când se termină, dar îi controlezi conținutul.

Vârsta nu este doar un număr, ci reprezintă trepte pe care le urci spre sine. Nu le neglija, să nu le minimizezi importanța, chiar dacă ești la momentul în care 40 de ani par mai departe de tine decât soarele de pământ.

Oamenii mint și nu sunt mereu demni de încrederea ta, dar asta nu înseamnă că nu trebuie să le acorzi o șansă. Sau două. Dar niciodată mai mult. Să ierți și să uiți. Să uiți și să nu ierți. Să ierți și să nu uiți. Să nu ierți și să nu uiți, cum vrei tu, doar să nu pierzi mult timp cu oamenii în legătură cu care te-ai convins că sunt doar trecători prin viața ta, cu roluri secundare sau numai simpli figuranți. Umplutură, decor.

Inocența și naivitatea ta se vor destrăma mai repede decât ai crede și pierderea lor te va durea teribil, dar este și aceasta o etapă necesară, să nu zăbovești mai mult decât este cazul asupra ei.

Nu ești nimic din ceea ce crezi acum despre tine, dar este firesc să fii atât de tulbure și dezorientată, este firesc să faci atâtea greșeli pe care să nu ți le asumi, din care, deocamdată, să nu înțelegi nimic.

Și ți-aș mai spune încă ceva... dacă ar fi s-o iau de la capăt, aș alege același drum!"

***

Poate nu ai înțeles, încă, bărbate, dar nu este treaba mea să-ți fac pe plac. Să te mulțumesc, să mă comport așa cum ai tu chef, așa cum crezi tu, conform principiilor, experienței și subiectivității tale, că ar trebui s-o fac. Nu mă interesează ce aștepți tu de la mine, ce ți-ai imaginat tu despre mine sau ce vrei tu de la mine. În consecință, dezamăgirea sau deziluzia, sau cum vrei s-o numești, pe care o vei trăi în raport cu persoana mea ține strict de persoana ta. Totul se petrece în forul tău interior, cu expunere, ca într-o vitrină supradimensionată, către viața mea. Eu trec fără să mă uit sau să mă oglindesc în această vitrină, așa că responsabilitatea pentru ce se întâmplă în interiorul ei îmi este complet străină.

E greu să înțelegi că viața mea nu se desfășoară ca un tribut adus ție, nevoilor sau dorințelor tale și că, indiferent de relația pe care o avem, acesta este un concept inamovibil. Nu am de gând să mă schimb decât în măsura în care acest lucru îmi este necesar mie și nu altuia, în măsura în care eu consider că trebuie s-o fac, în măsura în care asta îmi face mie pe plac.

De altfel, nici eu nu îți cer să-mi faci pe plac, fii fidel ție însuți și principiilor tale nealterate și cu asta este suficient. Dacă nu-mi place, asta e, mă obișnuiesc cu ideea. Te accept sau plec. Evident, și reciproca este valabilă!

Adevărul este simplu și la îndemâna tuturor - nu l-am dezgropat eu acum- dar parcă mereu uitat. Făcând pe placul celorlalți, pe lângă faptul că niciodată nu va fi suficient de bine oricum și niciodată nu vei reuși să-i mulțumești pe deplin, unde mai ești tu în toată ecuația asta? Îți spun eu unde: nicăieri! Rezultatul? O viață mai falsă decât o hârtie de zece bani.

De aceea, nu voi obosi să repet, oricât de mult te poate scoate asta din minți: nu este treaba mea să-ți fac pe plac. Nici ție și nici nimănui!

***

Ura în cuplu nu apare de pe o zi pe alta, ci se coace în timp și, dacă nu faci nimic, doar plângi în pumni, pe la colțuri, ea crește tot mai mult până când mușcă cu atâta poftă din ambii parteneri, că următorul pas este… dezastrul absolut. După ce N a murit pentru mine, am înțeles. De aceea nu există *„am avut ghinion în dragoste"*. Ai o relație sau o anti-relație din care trebuie să iei acel ceva de care ai nevoie. Problema este că nu o faci și situația lâncezește. Aștepți să-ți pice din cer rezolvarea. *„Norocul"*, cum ar veni. Ei, bine, acesta nu *„pică"* niciodată, în timp ce relația continuă să se deterioreze.

Este o cărare bătătorită aceasta a alegerilor proaste pe care unele femeie le fac în fiecare zi, fără să și le asume (căci asumarea în sine este o ieșire din sinele incomplet), până să ajungă la limită, de unde saltul în gol, la propriu sau la figurat, devine ultima obligatorie mișcare. Într-o zi tac pentru că încercările de a comunica au eșuat lamentabil în certuri și o liniște ticăloasă este mai bună decât o ceartă fără noimă... în altă zi tac pentru că au obosit... în alta, pentru că s-au obișnuit așa, găini.

De obicei, în astfel de situații, bărbatul crede că are drept de proprietate asupra femeii de lângă el, o femeie care nu ar trebui niciodată să se teamă de el. Căci asta este o femeie înfrântă, dărâmată, alienată... capabilă doar să-i hrănească nevoia sa bolnavă de putere și de falsă supremație, incapabilă să mai simtă ceva.

Și eu am fost cândva și femeia asta, nu m-am sfiit niciodată să recunosc.

***

Dar azi, azi sunt o femeie asumată, al cărei decalog al „*Nu*"-urilor, simplu, incisiv și brutal de sincer, îi este călăuză:

Nu privește pe nimeni în fața cui mă dezbrac, de ce o fac, când și pentru cât timp.

Nu judec, nu mă judeci. Mă judeci? Nu mă interesează, este strict conflictul tău interior manifestat ca o reacție împotriva mea. De fapt, ceva din cine sunt sau ceea ce fac îți mișcă de la locul lui preșul sub care ți-ai ascuns toată mizeria.

Nu sunt datoare nimănui, cu excepția propriei mele fericiri.

Nu răspund și nu reacționez în fața oamenilor și situațiilor care au doar rol decorativ pentru mine.

Nu am timp de pierdut, am timp de trăit și de bucurat și, când consider că este cazul, de dăruit.

Nu îmi spune ce crezi despre mine, nici eu nu o fac.

Nu mă invidia, nu suntem entități comparabile decât cu noi înșine. Devino cea mai mișto versiune a propriei persoane și o să vezi că invidia se transformă în admirație.

Nu respect decât valori probate personal.

Nu dau doi bani pe vorbe frumoase și pe promisiuni făcute în pat. Cuvintele zboară, chiar dacă sunt scrise.

Nu mă poți tenta sau provoca - obișnuiește-te cu ideea - decât dacă eu vreau asta. Nu te indigna, fă la fel!

***

Am avut un vis umilitor. Eram undeva, în viitor – se pare că gândurile jucăușe din starea de trezie dospesc și se transformă noaptea în himere decrepite care-mi invadează visele. Trecuseră mai bine de douăzeci de ani de la ultima despărțire, de la ultimul bărbat. O poveste intensă, pasională, dar care se sfârșise cât se poate de prost. Plânsesem în pumni ani de zile după, iar amintirile erau incredibil de fidele.

Cumva, renunțasem la cine sunt pentru a redeveni, în anii de sfârșit, naiva din tinerețe, întorcându-mă, inevitabil, acolo. *„Asta sunt, așa o să mor, deja sunt bătrână pentru un alt destin"*, argumentam în vis alegerea mea. Cred că m-am visat ramolită, căci nu mă regăsesc în acest personaj ilar, pe care imaginația mea l-a creat din frânturi de realitate îndepărtată, bucățele din viețile altora, cioburi din gândurile mele... Și-n toată grozăvia asta, se făcea că, pe nepusă masă, într-o zi de primăvară timpurie... s-a întâmplat. Căutam ceva într-un cartier necunoscut. Rătăceam de ceva timp, întrebând și străbătând aceleași străzi o dată și încă o dată. La un moment dat, brusc, pe neașteptate, am dat nas în nas cu... acel ultim el. Am rămas pironită locului, cu ochii larg deschiși și cu răsuflarea curmată.

În fața mea, din vitrina unui magazin, dintr-un poster uriaș, îmi zâmbea privind ștrengărește... el. În vis, cu trăsături inventate, fără nicio legătură cu realitatea.

Pot să mă dezic de un vis pe care nu-l simt al meu? Să-l reneg? Să-l reciclez sau să-l arunc direct la coș?

În orice caz, era un tânăr, poate nici douăzeci de ani. M-am apropiat de vitrină cu pași mici, hipnotizată, cu inima săltând ca nebuna. De la un metru distanță, el era enorm. Și am rămas blocată, cu ochii pe imaginea care căpăta viață, începea să-mi zâmbească, să se miște... A coborât din poster, mi-a sărutat galant mâna și m-a invitat la o cafea. Pe trotuar apăruseră deja, de nicăieri, măsuțe de cafenea. Am stat tête-à-tête, înfierbântați, iar eu întinerisem, mă oglindeam în vitrina văduvită de tânărul din poster și nu mă recunoșteam... El îmi murmura cuvinte suave, flatante, ademenitoare, pentru ca, apoi, treptat, să se transforme în amenințări și blesteme. Speriată, m-am smuls din loc, trântind scaunul. Și, brusc, el a dispărut... M-am uitat îngrijorată în jur și totul dispăruse - poate fusese un vis în vis - și în fața mea trona același uriaș afiș... iar eu, mă regăseam mai bătrână ca niciodată... Aș fi urlat dacă m-ar mai fi ținut inima și bojocii... Așa că am recurs la un gest care până și în vis ar fi trebuit să mi se pară penibil...

Ca un om care nu mai are nimic de pierdut, se făcea că am intrat în magazin, și, cu un gest țicnit, am dezlipit afișul din vitrină și am plecat cu el făcut sul la subraț... Mi-am luat bărbatul la pachet, cum ar veni... și m-am trezit oripilată.

Câteodată, propria minte ne joacă feste, câteodată propria minte ne trage întortocheat și bolnav, semnale de alarmă deloc subtile.

Este timpul să trec la următorul capitol...

***

Niciodată nu am amestecat lucrurile. De aceea, acolo unde lucrez, nimeni nu mă cunoaște, de fapt. Și ar fi de preferat ca lucrurile să rămână așa.

Ieri am avut o reuniune extinsă, cu oameni din exterior, necunoscuți. O plictiseală lungă, cunoscută, dar indispensabilă în opinia unora. Genul de ședință care durează cu orele și în timpul căreia majoritatea se ocupă discret de alte treburi, eminamente personale, în timp ce se preface că este atentă la vorbitor. Ascunși în spatele ecranelor laptopurilor, ca niște adevărați profesioniști, mulți trimit emailuri personale, navighează pe internet sau chiar accesează jocuri video, în ferestre mici, deasupra cărora tronează, de camuflaj, un tabel Excel deschis la întâmplare. De obicei, în timpul acestor ședințe, îmi iau notițe rapid - nu o dată s-au dovedit eficiente, atât ca informație, cât și ca imagine - și admir amuzată jocul relațiilor interumane, limbajul non verbal și schimbările de fizionomie atât de plastice și expresive ale participanților. De data asta, a fost și mai interesant, nu trebuia să scanez aceleași caractere atât de cunoscute, ci fețe și atitudini noi ca formă, căci, în fond, toată lumea fenta realitatea în același stil.

Dintre toți, un director regional părea cel mai puțin dispus să intre în trendul general al mimei. Sau, dimpotrivă, poate că era la un nivel avansat față de restul, astfel încât juca perfect, cu talent de actor hârșâit în meserie, interesul. Tocmai de aceea, eu nu trebuia să-mi disimulez propriul interes. Față de el, însă.

Au fost suficiente două-trei contacte vizuale... întâmplătoare pentru ca atenția sa să sufere modificări importante. Deși a ezitat să mă mai privească, adulmecam cum în aer se coace o tensiune nouă. Ne aflam la o distanță considerabilă unul față de celălalt, ne despărțeau masa generoasă și moaca unui coleg mai degrabă curios de modul în care eu mă plictisesc la ședințe decât de orice altceva. Astfel că, momentan, singura modalitate de comunicare rămânea cea subtilă, dintre gândurile și intențiile proaspăt născute ale fiecăruia dintre noi, dar care, agile și maturizate rapid, reușeau să se întâlnească într-o dimensiune superioară celei în care câteva zeci de minți se prinseseră în hora modernă a ipocriziei.

La pauză, simţeam că ezită. Timiditatea lui mi s-a părut delicată, neviciată. Nu e prima dată când am o uşoară sensibilitate pentru o atitudine graţioasă din partea unui bărbat. Însă este un sentiment care rămâne suspendat, a cărui finalitate nu o poate decide decât ulteriorul său comportament. Nu s-a apropiat, dar, după pauză, revenind mai târziu în sala de şedinţe, am avut surpriza să văd că schimbase locul şi că s-a aşezat lângă mine. Colegul meu îi arunca deja săgeţi otrăvite în câmp deschis, căutând prilej să-i găsească nod în papură. M-am aşezat ca şi când nu s-ar fi întâmplat nimic, câştigasem bătălia iniţială fără să ridic un deget.

Doi străini unul lângă altul. Sobri, serioşi, distanţi. La suprafaţă, totul era normal. Totul părea normal. Însă tensiunea se acutizase, o vagă agitaţie pusese stăpânire pe toată lumea. Îl zăresc cu coada ochiului cum îşi pierde treptat calmul şi cum freamătă în costumul rigid, în timp ce butonează concentrat dispozitivul electronic. Nu ştiu ce face, dar bănuiesc şi nu mă pot abţine să nu zâmbesc, atunci când pe chatul intern al companiei primesc un mesaj privat de la un anume M. Ştiu instantaneu că este el, după zelul cu care urmăreşte acum cum directorul dă de pereţi cu unul dintre departamente, de altfel, nimic nou.

Mesajul este unul amuzant şi brusc am senzaţia că suntem liceeni puşi pe şotii în timpul complicatei şi enervantei ore de latină. Numai că în loc de ghionturi şi bileţele, folosim cu încredere instrumentele puse la dispoziţie de companie şi modernitate. Nu-i răspund imediat, dar trebuie s-o fac, căci m-a văzut deja că zâmbesc. De la locul lui, colegul ultra interesat de viața mea mai are puțin și face un atac de nervi. Profită că discuția este de așa natură, cere să ia cuvântul și începe să-l critice direct, fără menajamente și fără argumente, pe M.

M se înroșește, colericul vorbitor se înroșește și mai tare, iar eu mă ridic și ies din ședință, ca nu cumva să fac o criză de râs în cel mai puțin potrivit moment. Mă duc pe terasă și-mi aprind o țigară salvatoare. De unde sunt, prin fereastra generoasă a sălii de conferințe, văd toată acțiunea. Desigur, sunt și eu expusă, dar nu mă interesează. Nu aud ce se discută, dar conflictul pare să moară repede, nu e timp ca subalternii să critice, ăsta este doar privilegiul șefilor. Îl văd că se ridică și iese din sală. Știu că vine după mine - deși nu apucasem să-i răspund la mesaj - și mă retrag într-o zonă ferită, căci altfel ar însemna să se suspende ședința ca jumătate din companie să ne poată urmări ca la teatru.

Când stabilim contactul vizual, zâmbetele își desprind aripile, își iau zborul și se îmbrățișează firesc. Se prezintă formal și galant și-și cere scuze pentru schimbarea locului, dar și pentru mesaj. Tot fumez și să zâmbesc fără să-i spun nimic. E cel mai greu să comunici atunci când nu ai niciun fel de feedback din partea interlocutorului. Tendința e să continui să vorbești, să trimiți mesaje, oricum, numai să le trimiți, cu speranța că, odată și odată, vei primi un răspuns și asta în timp ce-ți spui, pe o voce din off, total neutru, că deja debitezi prostii de vreo cinci minute. Minim.

Dar M nu cade în capcană. Tace, dintr-odată relaxat, și-și aprinde și el o țigară. Fumăm în tăcere câteva minute, privindu-ne intens în ochi. Ca din greșeală, face o mișcare stângace și m-atinge. Un fior fierbinte se naște între omoplați și se scurge pe mii de cărări instantaneu săpate în carne, către pelvis. Păstrez poziția, dar răul este deja făcut. Și după cum se fâstâcește, îmi dau seama că de ambele părți. E clar că niciunul dintre noi nu mai are de gând să se întoarcă în sală, cu orice posibil risc. Mă invită să luăm prânzul împreună, deși peste nici jumătate de oră urmează să se servească masa pentru toată lumea. Dar niciodată conformismul nu mi-a ținut de foame.

Accept simplu.

***

Alege un restaurant mic, cochet, situat relativ aproape, dar nu suficient de aproape cât să mergem pe jos. Luăm mașina lui, parcată lângă ieșire. După mers, simt cum se împăunează involuntar; cu siguranță, crede că o anume mașină poate fi garanția succesului unui bărbat la femei. Nu detectează sclipirea pe care o aștepta în ochii mei, așa că întrerupe programul *„o am mare pentru că am mașină scumpă"*. Oscilează, ca stil, între galanteria unui gentleman și sinuozitățile unui Casanova versat. Are însă rafinamentul unui bărbat obișnuit cu subtilitățile vieții, cu trăirile decantate îndelung, cu comunicarea criptică și non echivocă, dar asta numai când reușește să-și găsească stăpânirea de sine, căci în derivă seamănă, mai degrabă, cu un puber cu coșuri care vede un sân dezgolit pentru prima dată în viață și își dă drumul, nedumerit, în pantaloni.

La restaurant se descurcă rapid și obține cea mai discretă masă. Brusc, atmosfera de prânz între colegi - doar sugerată, însă nicio secundă prezentă - se transformă în atmosfera de cină între amanți. Semiîntunericul favorizează o stare de visare prost plasată în mijlocul zilei, dar de preferat ședinței din care am evadat ca doi îndrăgostiți.

Comandă vin. Filtrată prin alcool, realitatea capătă nuri noi, tentanți. Ne rupem de concret fără regret și trecem împreună într-o dimensiune în care universul se învârte în jurul mesei noastre. Comunicăm din priviri, din intenții de gând, din frânturi de cuvinte, din atingeri fluturate, ușoare, căci intensitatea curentului ce ne străbate poate fi letală. Am un sentiment de déjà-vu, am mai trăit cândva senzația, dar alung gândul sâcâietor. Acum e altceva.

Mereu e altceva...

Să numesc asta dragoste la prima vedere? Din partea cui?

Totuși, să nu ne amăgim... mai degrabă, atracție irezistibilă pe care un număr consistent de sesiuni de sex ar putea-o, oarecum, domestici. Sau nu.

Rămâne de... trăit!

Sfârşit

BOOKZONE